扬州市文艺创作引导资金项目作品

# 我看扬州好

## 我看扬州：忆江南·新词集

谨向中华人民共和国七十华诞献礼！

扬州市诗词协会　编

图书在版编目（CIP）数据

我看扬州好：忆江南·新词集 / 扬州市诗词协会编
. —南京 ：江苏凤凰文艺出版社，2019.11（2023.7重印）
ISBN 978-7-5594-4049-5

Ⅰ. ①我… Ⅱ. ①扬… Ⅲ. ①词(文学)—作品集—中国—当代 Ⅳ. ①I227.8

中国版本图书馆 CIP 数据核字(2019)第 214745 号

# 我看扬州好:忆江南· 新词集

扬州市诗词协会 编

出 版 人 张在健
责任编辑 张 婷 傅一岑
装帧设计 常 岩
出版发行 江苏凤凰文艺出版社
南京市中央路 165 号,邮编:210009
网 址 http://www.jswenyi.com
印 刷 三河市双升印务有限公司
开 本 718 毫米×1000 毫米 1/16
印 张 14
字 数 100 千字
版 次 2019 年 11 月第 1 版 2023 年 7 月第 2 次印刷
书 号 ISBN 978-7-5594-4049-5
定 价 59.80 元

# 《我看扬州好：忆江南·新词集》

## 编 辑 委 员 会

# 前 言

扬州市诗词协会成立34年来，诗词作品集层出不穷，除正常出刊了《扬州诗词》(年刊)36集外，已先后编印了以歌咏时代风采的《风云集》《春风集》《春华集》，以记录扬州交通、水利建设成就的《金路银桥通世界》《江河大治润千秋》，以服务于机关廉政文化建设的《清心集》和市纪委廉政文化丛书之《诗词卷》，以及着眼于校园诗教的《诗言志》，向市民大众推荐的古今名诗50首《歌吹是扬州》等诗集。此外，近年来，还出版了《扬州当代诗词选》《扬州当代诗坛人物谱》专集。

“文章合为时而著，歌诗合为事而作。”(白居易)

为歌颂扬州改革开放四十年来的城乡新貌和人民群众的获得感、幸福感，向中华人民共和国成立七十周年献礼，诗协又推出了这本《我看扬州好：忆江南·新词集》。发动数百名诗友同时写一种词牌，并选编一千余首作品结集付梓，这在扬州诗协历史上还是第一次。

为何选用《忆江南》写扬州？扬州与江南有何内在联系？或许有人不解真意。这就要对《忆江南》这个词牌的来龙去脉多说几句。

《忆江南》，又名《望江南》，最早得名于唐代教坊的曲名。据晚唐段安节《乐府杂录》记载：“《望江南》始自朱崖李太尉(德裕)镇浙日，为亡妓谢秋娘所撰，本名《谢秋娘》，后改此名。”当然，学界并不完全认同《忆江南》始于李德裕之说。王国维先生《人间词话》就认为此调初创早于李德裕。扬州词曲大师任中敏先生《教坊记笺订》也认为盛唐时就有此调，并举出崔怀宝词例。因众多词人都喜作此调，故衍生出种种不同的名称。及至宋代，扬州知州韩琦出于对扬州的热爱，作此调则题为《维扬好》。清代，扬州红豆词人吴绮亦写为《扬州路》《扬州夜》之名。总之，此调有二十多种别称，不一而足。

至于说到宜不宜用《忆江南》写扬州，那就牵扯到扬州算不算江南的网络话题，有必要再做点说明。扬州报人葛长益先生有《扬州是江南吗？》一文(《扬州日报》2018 年 10 月 16 日)，从历史意义、文化意义、政区意义三个方面阐述了扬州从属于江南的理由。江南的小桥流水、楼台亭阁，扬州不仅一样不缺，而且有过人之处。此外，从气候、物候方面来说，扬州与江南的差别也微不足道。当然，从地理概念来说，扬州处于“淮南江北海西头”（杨广句），地属于长江之北，无须否认。但从国家地理分界线来说，中国的南北方分水岭标志点就设在今淮安市城中。据此，扬州无疑又在中国南方。因此，作为“南秀北雄”之风兼而有之的扬州，本身就无须“高攀”江南。正如民国词人庄生《忆江南》所言：“扬州好，何必忆江南？”这是扬州人所应有的文化自信。

其实，选择《忆江南》征稿，主要原因还在于此调短小流畅，其中七字联以对仗为宜，但也不强求。在用韵方面，既可依平水韵、词林正韵，也可按中华新韵，不做统一规定，但不得新旧韵混用。这样，就便于诗友广泛参与，自由发挥，雅俗共赏。正因为如此，《忆江南》征稿启事一经发布，就得到各地诗友的积极响应。大家从不同领域、不同角度写出了自己心目中的扬州。综观整体词稿，立意健康，依规合律，符合征稿的要求，其中也不乏新词妙语，巧句工联。

或耀“城市之光”：“扬州好，旧貌换新装。杂乱无章蓬户屋，井然有序景观房。无处不阳光。”记录了扬州居者换新屋的沧桑之变；“扬州好，处处倚兰桥。花草成园松竹笑，烟霞埋径水云漂。莲月挂良宵。”写出了扬州城市生态环境之美；“两翼齐飞新格局，三城互动大江南。”这是扬州城市布局的新蓝图。

或赞“园林之秀”：“山水园林都似画，人文古迹各成诗。”这是园林城市之底蕴；“桥剪双花诗韵雅，水漪重影画图妍。”这是三湾公园的剪影；“山石耸，峡壁立奇峰。翠竹红楼秋色里，苍松古柏月明中。檐楯接低空。”写出了个园南秀北雄之特色。

或扬“文化之魂”：“铁笔如椽书画卷，青铜雕史刻诗联。”“八怪馆中知墨竹，史公祠内晓丹枫。”扬州文化景观随处可见；“芳丛处，幽雅小书房。云鹤飞临窥几净，冰轮朗照带秋凉。阅读少年郎。”扬州是书香之城，实至而名归。

或颂“乡村之美”：“垂柳衔珠招锦鲤，芙蓉出水诱红蜓。”“荷叶田田香盈袖，池莲片片碧连天。菱角两头尖。”水乡特色，珠湖美景，跃然纸上；“黛瓦灰墙连别墅，红花绿树间晴空。”这是渔民定居生活的真实写照；“红日搬来花世界，蓝天移到树林边。”滨江生态之美，今非昔比。

或唱“民生之福”：“昔日草房种田汉，今朝楼上学栽花。”这是农民人家的华丽转身；“湿地园中观木屋，观音岛上看长江。”这是古渡瓜洲人的闲适之情；“君且听，一曲慢扬州。场上大妈舒广袖，桥边亚叔展歌喉。盛世老悠悠。”这是扬州城里人诗意栖居的慢生活状态。

或咏“百态之谐”：“滟滟清波江汉涌，汤汤沧浪首都流。”南水北调工程，功在当代，利及千秋；“春潮涌，鼓角共声声。一响邗沟开赛事，八方猛士勇争锋。胜景竞纷呈。”这是为扬马赛事的盛况留影；“榆园美，书画墨香牵。嘹亮歌声扬宝地，轻柔舞步伴丝弦。雅韵赋诗篇。”这是对老年大学的赞歌。

此外，在诗友们的笔下，诸如缅怀英烈，不忘初心；尊师重教，工匠精神；邻里相助，弘扬家风；拥军爱民，“二妹子”风采；河长理道，运河申遗；廉政文化，市民论坛；维扬美食，颐养社区等，均有涉及，不啻为记录时代变迁的新画卷，民生习俗的乡土志！今天的见闻，就是明天的历史。可以相信，本书的出版，必将丰富扬州地方诗词文库；读者通览全书，一定会带来心理上的愉悦，引起精神上的共鸣！

“扬州千古属诗人。”（陈从周句）隋唐以降，扬州便是无数迁客骚人的诗心家园，留下数以万计的诗篇。改革开放以来，扬州传统诗词从复苏走向繁盛，从初创迈向提高，2012 年即荣获“全国诗词之市”的殊荣。当下，各级诗词组织纷纷建立，网络诗词风起云涌，积累了一批可喜可贺的创作成果。本书的出版，仅是其中的一朵浪花。“天意君须会，人间要好诗。”（白居易）随着中华诗词的全面振兴，我们期待着扬州诗坛有更多的精品佳作问世！

编　者

二〇一九年四月

# 目　录

| | | | |
|---|---|---|---|
| 金文澄 | 姜　炎 | 谈福慈 | 梅庆先 |
| 罗方妮（女） | 洪宝圣 | 顾林泉 | 曹锡恩 |
| 罗洪声 | 洪茂喜 | 夏瑞辰（女） | 蒋成忠 |
| 明　光 | 郭志耘 | 陶百川 | 童兆明 |
| 费昌华 | 郭文泽 | 陶念峰 | 童金吾 |
| 赵家驹 | 施国美 | 徐　乐 | 程小平 |
| 赵廷喜 | 胡纯东 | 高文朗 | 焦治稼 |
| 赵崇华 | 秦玉林 | 高惠年 | 管同松 |
| 赵焕慧（女） | 秦子卿 | 唐　毅 | 蔡　鹏 |
| 赵月香（女） | 袁京路 | 唐存芳 | 蔡文锦 |
| 赵瑞南 | 袁志尧 | 黄石盘 | 蔡长宜（女） |
| 姚佩伦 | 凌　露 | 黄海涛 | 潘利生 |
| 姜春梅（女） | 凌茂兰（女） | 黄国禹 | 颜呈华 |

## 园林之秀（57-86）

| | | | |
|---|---|---|---|
| 卜宝昌 | 王兆根 | 石才明 | 李玉强 |
| 马建国 | 王建欣 | 叶达海 | 李玉香（女） |
| 孔令礼 | 尤云启 | 祁文帆 | 李廷龙 |
| 孔德顺 | 方朝祥 | 朱国奎 | 李清铣 |
| 孔令军 | 孙　平 | 朱正宝 | 刘同秋 |
| 于苏福 | 孙盛才 | 朱士举 | 刘红梅（女） |
| 王闻大 | 孙　成 | 朱兆鹤 | 刘荣山 |
| 王　静 | 孙学贤 | 朱福炷 | 刘国庆 |
| 王大庆 | 孙声如 | 李晓廷 | 刘存南 |
| 王艳丽（女） | 石志洪 | 李　馨 | 刘勇刚 |

## 文化之魂（87-116）

姚佩伦
洪宝圣
洪茂喜
郭金标
秦玉林
谈福慈
陶百川
徐润群
徐坤庆
徐鹏光
高文朗
高惠年
高国华
屠　淮
梁万荣
童金吾
程小平
蔡文锦
蔡长宜（女）
潘利生

## 乡村之美（117-150）

丁兆松
卜瑞凤（女）
孔德顺
孔令军
孔秀霞（女）
于苏福
王　琴（女）
王志明
王之义
王忠清
王大庆
王惠芬（女）
王梦君（女）
王国定
王兆平
王一秋（女）
王兆根
王家政
方德福
孙广林
孙少华
石兆华
叶达海
关水青
朱震庆
李存山
李同义
李义桐
李永定
李正琴（女）
刘临桐
刘昌永
许主军
许荣干
汤庆元
汤佑黎
张正祥
张孝良
张授桥
张耀华
陈立新
沈虎臣
杨德春
杨彩春
周永久
周秀珍（女）
周富成
金文澄
房国宽
房恭聚
房　震
赵廷喜
姚佩伦
俞永乐
洪茂喜
郭志耘
郭金标
施国美
相玉继
顾林泉
夏瑞辰（女）
夏邦清
陶百川
陶念峰
莫文志
徐润群
徐坤庆
徐永芙
徐秀明（女）
徐鹏光
高国华
崔成鹏

## 民生之福（151-178）



## 百态之谐（179-194）

李玉强
李志英（女）
刘修平
郭金标
胡纯东
徐润群
徐　彪
徐鹏光
徐　乐

徐云峰
秦玉林
高文朗
高国华
展兴圣
唐　毅
唐存芳
黄石盘
黄国禹

龚为豪
脱蔚如
曹锡恩
梅庆先
盛莲纯（女）
蒋成忠
蒋兴国
董海明
谢良喜

童金吾
程济威
阚长保
蔡长宜（女）
潘步云
潘顺琴（女）
霍玉田
戴仁怀
戴启发

## 后记

# 城市之光

# 城 市 之 光

丁兆松

## 忆江南·蓝水映长虹

非是梦，立体大交通。地上腾龙飞黑虎，空中翔燕舞云鹏。蓝水映长虹。　　春江颂，造闸锁顽凶。抗旱排涝施妙用，引江枢纽建奇功。修福享无穷。

马建国

## 忆江南·扬州好

扬州好，宜住亦宜商。窄巷宽衢皆乐趣，新城老市共风光。络绎赞维扬。

万永海

## 忆江南·赞扬州

扬州好，傲立大江头。气贯古今身巨变，形含山水味长留。惊叹在扬州。

扬州灿，时代奏强音。小巷幽深传古奥，琼花香远唱新吟。神采昔融今。

仇国安

## 忆江南·文昌路

文昌路，一线贯西东。举措名衔吟壮志，入遗史册出虬龙。兴旺赖途通。

王文岳

## 忆江南·春好处

春好处，多谢竹西人。承运革新桃李笑，腾飞除旧柳榆颦。赏析卌年春。

春好处，常志系初心。革旧布新黄鸟曲，齐敲响鼓白桦音。使命披怀襟。

春好处，火炬灿明天。改革创新凝翠黛，清风煦日策鞭先。歌舞庆华年。

春好处，看此卌年功。白雪红花歌竹韵，杏黄柳绿舞松风。尽是碧纱笼。

春好处，处处小园连。溢彩流光青玉宇，功成名就素丝编。卌载百花鲜。

王广权

## 忆江南·扬州好

扬州好，隧道与天桥。湖下通途车辆快，江边钢索架天桥。如此景多娇。

王闻大

## 忆江南·扬州四题

扬州水，莫道总温柔。瓜渡楼船披夜雪，邗江樯橹动吴钩。今日浪弥遒。

扬州路，烽火几多遭。梅岭衣冠留旧泪，芜城草木记前朝。锣鼓听今宵。

扬州慢，岁月总悠悠。杨柳烟花春不老，箫声月色夜难休。琼观说龙舟。

扬州快，首屈数交通。铁轨勾连三万里，银鹰穿越九霄中。湖底走蛟龙。

王之义

## 忆江南·扬州交通

扬州好，遍地是康庄。驾雾腾云飞玉宇，翻山越岭过长江。

都市接家乡。





王大庆

## 忆江南·水巷风情

扬州好，小巷蕴风情。曲径幽藏秦晋月，粉墙韬隐汉唐声。听雨到天明。

## 忆江南·扬州花

扬州好，花气欲撩诗。芍药琼花非富贵，蜡梅霜菊却无私。吟咏乃争奇。

王惠芬（女）

## 忆江南·改革巨龙飞

扬州好，改革巨龙飞。开放互赢良友聚，招商同利一流追。风送喜音归。

扬州好，高效创新奇。水运桥梁天堑架，陆空枢纽四方驰。圆梦路先知。

## 忆江南·城市新貌

扬州好，旧貌换新颜。古运河堤芳草绿，瘦西湖畔万花妍。仙境好休闲。

扬州好，盛世建楼房。简易旧居成记忆，高楼新宅话辉煌。城市换新装。

王桂金（女）

## 忆江南·新韵漫扬州

扬州好，古巷自堪游。一代名儒谋竹隐，几朝文选逐风流。坊里觅扬州。

扬州好，小院过风柔。百世文昌挥彩笔，满怀兴逸爱扁舟。樽酒醉扬州。

扬州好，良夜月如钩。岸柳花飞侵碧水，玉箫声动绕高楼。轻梦坠扬州。

扬州好，何以久淹留？清曲萦梁忘旦暮，素弦当户唱春秋。新韵漫扬州。

扬州好，槛外舞江鸥。风起欧苏声未已，云归林谷意相酬。星斗照扬州。

扬州好，胜景眼中收。湖瘦合摇疏影乱，山平安枕翠光浮。歌吹是扬州。

王文才

## 忆江南·颂改革

新风好，改革福无边。继往开来夸决策，承前启后赞英贤。

民富九州妍。





王兆平

## 忆江南·万福桥

高桥雅，融合两河头。经济繁荣成热土，交通方便竞风流。圆梦富扬州。　　长桥阔，更上一层楼。八岛七河鱼蟹媚，三区一市稻粱稠。伟业壮千秋。

王发林

## 忆江南·旧貌焕新颜

扬州好，古运秀娇妍。百艘彩舟歌盛世，千年渡口景绵延。旧貌换新颜。

扬州好，蜀岗玉峰娇。东岭红花迎客醉，西堤绿柳逗莺嘹。美景伴亭桥。

扬州好，开发冠苏中。燕舞长空传捷报，龙腾大地越南峰。众杰立奇功。

王兆根

## 忆江南·通达数今朝

扬州好，高跨润扬桥。今喜乘车云里过，昔忧坐舶浪尖漂。通达数今朝。

扬州好，铺就路千条。地北天南连快速，云涯海角接重霄。轻捷任迢遥。

扬州好，大地舞双蛟。昔坐舟船遭苦罪，今乘高铁任逍遥。谁不乐陶陶?

扬州好，银燕入晴霄。访问何愁沧海阔，优游更喜碧天辽。一抹白云飘。

王建欣

## 忆江南·歌起钓鱼台

烟花月，佳境胜蓬莱。漫步长堤飞逸兴，荡舟湖上寄幽怀。歌起钓鱼台。　　春萌动，夜雨润芽开。明月二分饶画意，绿杨千载萃高才。韵满小秦淮。

尤云启

## 忆江南·赞扬州

邗江秀，技艺领头筹。三把名刀传百世，一枝妙笔颂千秋。谁不赞扬州。

维扬美，建设又呈新。双博弘扬千代史，一桥带动百城兴。高铁即驰行。

方朝祥

## 忆江南·夕看彩虹娇

环城水，逢水必通桥。万福河川流北郭，五峰天路跨南郊。夕看彩虹娇。

毛荣生

## 忆江南·扬州美

扬州美，景色媲江南。明月二分情有梦，琼花一树韵无边。都说境如仙。　　春风起，古市谱新篇。追梦城中荣万物，润扬桥下竞千帆。江水涌斑斓。

孙　平

## 忆江南·瘦西湖隧道

西子瘦，醉卧郭中央。车马穿梭频过往，舟鱼摇曳漫徜徉。未扰梦悠长。

孙广林

## 忆江南·宜居扬州

扬州好，生态媲苏杭。佳境宜居名远近，西湖独瘦誉琳琅，游子梦琼乡。

# 忆江南·“双东”夜游

扬州好，最美是“双东”。串串红灯街市挂，家家商贾物流宏。游客喜融融。

孙聚信

# 忆江南·扬州美

扬州美，绰约倩芳姿。山水园林都似画，人文古迹各成诗。游住总相宜。

扬州秀，精致透玲珑。千载古城流古韵，新开闹市展新容。今古靓交融。

扬州路，改革领潮头。来往飞机通世界，穿梭公铁达神州。经贸上层楼。

孙　成

# 忆江南·行旅尽无涯

机场好，穹壤若平畴。银燕翩翾驰宇宙，玉龙腾越骋神州。云际任遨游。

交通好，四海乐为家。天堑虹飞连两岸，大江桥跨接千车。行旅尽无涯。

孙学贤

## 忆江南·盛世写春秋

扬州好，四十话今朝。改革放开迎壮举，繁华似锦乐逍遥。五彩更多娇。

扬州好，触景醉双眸。古迹新颜增靓丽，宜居圣地乐无忧。满目耸高楼。

扬州好，公路遍神州。高铁纵横游客往，雄鹰展翅五洲游。盛世写春秋。

孙声如

## 忆江南·扬州美

扬州美，主体大交通。空港银鹰飞海北，火车高铁骋江东。水运也争雄。

石志洪

## 忆江南·今日更风流

缠万贯，跨鹤下扬州。明月二分萦夜景，琼花一瓣醉心头。彳亍意勾留。　　人间变，今日更风流。天堑飞虹平坦度，铁龙闪电纵横游。四海送青眸！

石才明

## 忆江南·扬州好

扬州好，山水美连峰。旭日江波升紫气，润扬江面跨双虹。新貌耀苍穹。

石慧明

## 忆江南·筑梦写新章

扬州好，古郡世流芳。笑指东君风物啸，平山胜境瘦湖光。筑梦写新章。

歌起处，风细柳斜斜。车水马龙高速路，人文数字一城花。创客好年华。

名城旅，盛景在林园。古渡东关明月在，运河征棹赞前贤。盛世乐喧天。

乘彩舸，四秩看扬州。精致文明经贸兴，质优发展显鸿猷。“双会”满西楼。

叶达海

## 忆江南·扬州好

扬州好，造化力非常。运水滔滔流韵语，江风猎猎畅心房。

卌载变天堂。



祁志梅（女）

## 忆江南·心付广陵春

扬州美，丝柳弄氤氲。十里烟花千里客，一支兰棹一溪云。心付广陵春。

扬州好，花满绿倾城。欸乃开腔鱼米事，潺湲分棹水云程。歌唱故园声。

扬州慢，闲雅定宜居。荷浦风轻歌入梦，兰瓯品茗笑翻书。诗意正徐徐。

扬州月，披得柳身娇。无赖还惊诗客梦，多情犹照玉人桥。闻觉一声箫。

扬州水，有墨也难调。烟雨来时洇似梦，菱舟行处浪如绦。听惯广陵潮。

扬州梦，捧拾是清嘉。柳岸青阶莺弄语，虹桥涵洞月凝纱。移步向琼花。

朱正山

## 忆江南·两翼齐飞

扬州好，今日更斑斓。两翼齐飞新格局，三城互动大江南。击鼓共扬帆。

朱正宝

## 忆江南·今日更风流

扬州好，古郡始邗沟。千载沧桑观巨变，卌年改革见宏猷。今日更风流。

扬州好，开发立前沿。技改园区丰硕果，宜居佳境蔚蓝天。众创着先鞭。

扬州好，水陆大交通。高铁航空连世界，公交市内网交融。立体舞蛟龙。

朱士举

## 忆江南·扬泰机场

天梯造，振翮上苍穹。便喜莺鸾酬夙愿，犹欣巢舍展雍容。装点我苏中。　　游天下，乐坏众乡翁。安坐青云临海角，相携友伴逛欧东。笑脸比花红。

## 忆江南·瘦西湖隧道

风光异，美景又翻新。一隧穿湖成大道，万骐无碍免烦神。恍若步青云。　　舒望眼，笑脸满乾坤。东郭西来称惬意，西隅东往畅胸襟。诗叟喜高吟。

## 忆江南·万福大桥

桥头堡，高耸倚云空。坐拥江淮谙巨浪，卧看日月展雄风。大野遍花丛。　　虹铺彩，一跨往来通。滚滚车流凝福祉，遥遥舟楫载春荣。邗上共兴隆。

朱学铭

## 忆江南·后辈乐新天

扬州早，故事七千年。农具水田栽稻米，角陶符号史无前。后辈乐新天。

扬州美，景物最宜诗。风翥龙翔名士出，物华天宝众星栖。月色普天知。

扬州水，枢纽赖通波。商海千年浮巨贾，舳舻百代听笙歌。今日尚鸣珂。

扬州力，科技势头强。创意思维标异彩，腾飞经济欲高翔。名望胜隋唐。

李　明

## 忆江南·扬州美

扬州美，斜日映花红。烟雨楼台临古韵，梨花院落沐春风。明月醉西东。　　扬州美，杨柳绿荫浓。千点花丛摇碧野，一滩鸥鹭曳长空。舒卷画图中。

李存山

## 忆江南·仪征好

仪征好，双子座星城。仪化先期登榜首，豪车后续露峥嵘。能不赞仪征。

仪征好，博览枣林湾。万顷园林连一片，无边花海接云天。《园冶》续新篇。

李玉香（女）

## 忆江南·谁不爱扬州

扬州好，人景两相投。景景怡人人俱乐，人人惜景景长留。谁不赞扬州？　　扬州好，人景两相修。景养人心人尽善，人增景韵景恒优。谁不爱扬州？

扬州好，佳景比争优。处处风光如画卷，时时美景撞瞳眸。游客醉扬州。　　扬州好，华夏数风流。盛事频来惊内外，好评不断贯春秋。游子梦扬州。





李铁诚

## 忆江南·咏扬州

扬州好，处处学雷锋。行善乐施争着做，爱童尊老树新风。奉献不求功。

扬州美，环保赛姑苏。建筑扬尘能控制，焚烧垃圾电增输。城貌胜三吴。

扬州忆，最忆地形殊。八岛七河神斧琢，三湾一步鬼工图。留念瘦西湖。

李清铣

## 忆江南·奋勇换新天

扬州好，巨变万花妍。特色鲜明成样本，富民强市力无边。奋勇换新天。

李家寅

## 忆江南·润扬长江大桥

扬州好，天堑架虹桥。江水滔滔曾慨叹，通衢坦坦尽逍遥。经济达高潮。

## 忆江南·宁起铁路

扬州好，江水碧波流。江北千年无铁路，兴修宁启善谋筹。千里遍周游。

## 忆江南·扬泰机场

扬州好，平旷路迢迢。来往交通人密集，航空基地建今朝。便捷更多娇。

## 忆江南·文昌十里数长街

扬州好，大道数文昌。街道东西商旅集，千灯夜市放光芒。日夜万车行。

庄晓明

## 忆江南·宋夹城体育公园

雄城立，何处觅狼烟？翠笼晨昏争旖旎，风生场馆竞蹁跹。百姓喜流连。

## 忆江南·廉政广场

为官鉴，铜镜铸当前。枝叶浓情真美德，兴亡古训岂危言。从政务清廉。

## 忆江南·曲江公园

涛声远，曲水旧曾谙。古有海潮翻巨浪，今遗河韵漾微澜。一脉越千年。

刘金钟

## 忆江南·三赞扬州

扬州好，修禊大虹桥。丽日看花蝴蝶戏，良辰赏柳蜜蜂饶。瘦水美名娇。

扬州美，凤歇月为媒。三月招商良贾集，四时引智海归回。圆梦百花魁。

扬州俏，到处竞风流。绿水环城诗韵雅，青山绕市曲音稠。五彩万花楼。

刘荣山

## 忆江南·扬州好

扬州好，古渡接城乡。商贾如云楼宇会，梨花初白菜花黄。高铁欲开张。

刘有祥

## 忆江南·扬州好

扬州好，居住最相宜。古韵传承浏五代，新区开发矗千姿。华夏誉飞驰。

刘国庆

## 忆江南·扬城西部快速通道

车如水，一线串繁华。脉动新城连海角，情温古邑系天涯。便及万千家。

刘存南

## 忆江南·欢庆有机场

扬州好，欢庆有机场。万里蓝天俄顷至，百年夙愿此时偿。四海客匆忙。

## 忆江南·铁路破天荒

扬州好，铁路破天荒。长笛扬声完夙愿，巨龙飞步启新章。万里自翱翔。

刘勇刚

## 忆江南·润扬大桥

长桥峙，横跨大江秋。白浪滔天云雾缈，千车如鲫复如鸥。一刹到瓜洲。

## 忆江南·活水工程

春波媚，最媚瘦西湖。款款蛮腰争舞镜，嘎嘎天籁伴游凫。活水与君娱。

闫树山

## 忆江南·追梦不思归

扬州好，秀景慧心裁。满目繁花开眼界，一江春水荡胸怀。径曲迓宾来。

扬州好，花柳醉心胸。杨柳莺穿鸣翠绿，琼花蝶舞饰霞红。西子戏春风。

扬州好，山水尽朝晖。鱼戏碧波红鲤跃，雁排蓝天白鹭飞。追梦不思归。

扬州好，前景美如诗。倾力共圆华夏梦，全城起舞举红旗。古邑展新姿。

吉学锋

## 忆江南·盛世弄春潮

扬州秀，万树着芳菲。改革春风吹绿野，鼎新方略立新碑。逐梦再腾飞。

扬州美，碧水映蓝天。遍布公园融万景，纷来游客乐翩跹。续绘彩图添。

扬州俏，盛世弄春潮。破浪借风谋锦策，扬帆鼓劲育新苗。

争艳列前茅。

扬州好，各业竞峥嵘。昌盛繁荣开倩影，文明霞蔚展新容。时雨润花红。

**许传玲（女）**

## 忆江南·扬州月色美

扬州好，月色美三分。玉女灯移花影动，蓦然回首见伊人。心鹿乱奔奔。

**许文知**

## 忆江南·时代领风骚

扬州好，时代领风骚。飞鹤慕名云集舞，琼花独秀异香飘。客涌广陵潮。

扬州好，茉莉溢芬芳。翠柳千姿城锦绣，文昌百里路辉煌。款款玉人妆。

扬州好，明月二分娇。波映城乡舒广袖，风传遍野听吹箫。璀璨画妖娆。

扬州好，环境最宜居。鸟语花香歌大美，山清水秀画新图。生态悦心舒。

扬州好，水陆接天高。银燕冲飞嫌路短，运河腾浪载诗遥。一任放歌豪。

扬州好，满目古今稠。小巷深深舒典雅，新区处处展鸿猷。辉映誉神州。

许家齐

## 忆江南·遍地是琼楼

经鸟瞰，遍地是琼楼。万户千家居洞府，古城街巷尚存留。可供客人游。

坭泥道，全部换成砼。水陆航空连四海，公交线路任西东。村镇万家通。

许　莉（女）

## 忆江南·大运河申遗成功

扬州好，古运上层楼。昔送长江甘露液，而今汴泗水回流。申报我牵头。

## 忆江南·喜看无人机

扬州好，自己造飞机。航拍城乡风景美，又看乡间绿苗齐。翁媪笑嘻之。

## 忆江南·扬州新貌

扬州好，银路架金桥。古巷文明城郭美，新区昌盛宇楼高。旧邑翻新潮。

## 忆江南·扬泰机场建成

扬州好，黄鹤筑新巢。起跑滑翔平坦道，航楼建造气辉豪。一箭冲云霄。

## 忆江南·重建万福桥

扬州好，两塔插云霄。四座铜牛迎客运，双楼悬索月中潮。又竖水城标。

**闵永军**

## 忆江南·改革颂

沧桑变，改革扭乾坤。遇水架桥担道义，逢山开路赴征尘。幸福小康奔。

**华子奇**

## 忆江南·扬州美

扬州美，最美是观澜。古曲金湾情眷恋，京杭大运径直翻。调水向京潭。

## 忆江南·扬州嫩

扬州嫩，最嫩是初春。十里瘦湖花弄影，四桥烟雨雾迷人。

摆柳倍销魂！





## 忆江南·扬州俏

扬州俏，最俏五亭桥。桥洞莲门全进月，诗唐词宋总歌谣。何处正吹箫？

**吴金龙**

## 忆江南·改革站前潮

扬州好，改革站前潮。平地筑成公路网，北南架起润扬桥。开放出先招。

扬州好，开发在前茅。江岸铺开工业化，城区拓展美图描。古郡更添娇。

扬州好，铁路又提高。绿水青山飞彩燕，乡村城市走公交。天地任逍遥。

扬州好，城建达高标。马路条条花木靓，长街座座玉楼娇。游客似春潮。

扬州好，实事看今朝。翁妪公园歌伴舞，青年岸畔自由操。民众乐陶陶。

吴献中

## 忆江南·扬州颂

扬州路，自古赖风帆。铁马纵横奔沃野，金桥对峙跨江山。渡口忆楼船。　　新城郭，高速路回还。大道环湖追大泽，长街闹市比长安。银燕越云端。

扬州美，淮左冠明珠。秋水荷塘吟夜色，春江花月赏河图。四季媲东吴。　　公园美，花旦瘦西湖。运动夹城如少壮，遛弯口袋似村姑。处处有藏书。

吴贤坤

## 忆江南·扬州秀

扬州秀，水韵景温柔。百个公园呈异彩，二分明月耀全球。孰与竞风流!

邹　正

## 忆江南·春雨润新桃

河换貌，春雨润新桃。穹宇赋荣梧榉伞，惊鸿欣慰凤凰巢。自古绿杨夭。

扬城灿，杓转驾飞鸿。楼宇擎天歌领舞，逵衢空海咏祁风。新古苑争荣。

扬州俏，古运母亲娇。文蕴欣通昭四海，春风甘送达天梢。福到驾金桥。

淮左势，如画月浓纱。大展宏图精润色，舞椽挥墨细描鸦。羞赧满园花。　　春早到，霁雨捧朝霞。跨马驾龙关不住，乘风开浪见瑶华。惊梦向荣家。

束国基

## 忆江南·扬州好

扬州好，扬子过门前。万福闸桥楼屹立，凤凰河岛水牵连。美景映霞天。

张增荣

## 忆江南·人在画中游

扬州好，美景眼中收。蜀岗岭头寻胜迹，西湖瘦处是扬州。人在画中游。

扬州好，禹域最堪怀。绕郭春江归海去，平畴庄户倚云开。好梦任君猜。

扬州好，骑鹤任逍遥。三月烟花城满柳，二分明镜照清宵。漫步藕香桥。

张家骞

## 忆江南·扬州六咏

扬州好，景物特宜人。廿四桥头观白塔，小金山顶赏青云。画舫万家春。

扬州好，自古出名花。后土祠中传韵事，无双亭下赏奇葩。诗会更升华。

双州密，联手架长虹。昔日隔江千载阻，今朝信步瞬间通。快运物资丰。

邗沟好，千载赏湾头。叠翠丛林花卉美，莺歌燕舞彩禽游。曲径更通幽。

南郊口，新式渡江桥。桥上方亭多雅艳，路旁排凳更妖娆。旅客乐陶陶。

东郊乐，香阜五台牵。桥下有桥留胜境，路间藏路显奇园。叠石妙形连。

张庆方

## 忆江南·赞扬州

扬州好，月上运河桥。垂柳绿枝头拂水，蟠桃粉面口吹箫。

竹笛伴声娇。

扬州好，玉器响云霄。传统继承超古代，创新突破在今朝。前景领先遥。

扬州好，生态列前茅。创业宜居添异彩，旅游河岛起波涛。满眼绿荫娇。

扬州好，立体大交通。高铁飞机多便捷，汽车船只每匆匆。万里乐途中。

扬州好，全国列名娇。卌载革新收硕果，“五宜”定位出新招。城市品牌豪。

张　言

## 忆江南·新万福大桥

新万福，车马伴云游。城堡凌空桥上屹，铁牛俯首水中浏。旭日逐波流。

## 忆江南·城中立交桥

江阳路，常堵易心焦。人过立交车上路，龙游隧道马驰桥。分道乐扬镳。

## 忆江南·扬泰机场

星光闪，明月映蓝天。满目苍鹰霄宇越，一江秀水霭云掀。银汉玉娥欢。

# 忆江南·火车站

风尘激，蜀岗跃虬龙。万壑千沟何惧险？崇山叠岭任从容。铁马赛飞鸿。

# 忆江南·润扬大桥

传佳讯，天堑架飞虹。恶浪掀山星暗淡，惊涛拍岸月朦胧。车水似游龙。

**张元良**

# 忆江南·扬州好

扬州好，万福闸新桥。二道八车通市镇，四牛双堡镇河妖。千舸竞波涛！

扬州好，城市获金章。地面蛟龙华夏骋，空中银燕碧天翔。鲸舸下西洋！

**张竹亭**

# 忆江南·万福桥

金桥秀，两岸驾车舟。万福楼高迎万福，千秋河埠富千秋。科技竞风流。

张永根

## 忆江南·古城新貌

环境好，最忆广陵城。路网纵横通世界，江河湍急放涛声。点赞大工程。

扬州好，城在画图中。碧水蓝天生态美，红花绿树景观荣。四季仰晴空。

陈　锴

## 忆江南·谁不爱扬州

春绿柳，大运泛轻舟。两岸风光今胜古，二分明月乐无忧。谁不爱扬州？

观新貌，心涌广陵潮。千载沧桑惊巨变，万花芳艳喜多娇。明日更妖娆。

陈金峪

## 忆江南·悦目寄深情

扬州好，生态美心灵。烂漫烟花如锦绣，西湖瘦景似丹青。悦目寄深情。

维扬妙，万福建新桥。仙境人间相媲美，银河大地任逍遥。

梦幻入蓬瑶。

广陵美，最美在邗沟。靓女船头翩起舞，黄莺岸柳展歌喉。陶醉解千愁。

陈立新

## 忆江南·无处不风光

开放日，万众竞争芳。叶绿枝繁花怒放，山明水秀韵声扬。名企列前行。　　观时下，满目尽琳琅。名胜千年更旧貌，交通空陆着新装。无处不风光。

汪正华

## 忆江南·开放写新篇

扬州好，风景绿如蓝。运水悠悠流畅远，烟花灿灿旅游欢。友客梦魂牵。

文昌阁，历史古今传。商贾兴隆名四海，交通便捷客争先。开放写新篇。

维扬美，人杰地灵情。千里运河排盛柳，五亭私语话安宁。相爱二人行。

司法好，正义重如山。诚挚热情红似火，春光明媚暖民欢。能不赞贤官。

部炎孝

## 忆江南·扬州好

扬州好，溯古仰贤俦。椽笔凌云惊浊世，丹青揽胜纪春秋。磅礴竞风流。

扬州好，胜似俏江南。漫漫镜湖波杳渺，巍巍白塔影昂轩。赏景致缠绵。

扬州好，飞翼上苍穹。水碧山青宜骋目，天舒云淡畅游踪。万里得从容。

扬州好，万福架虹桥。南北贯通穿铁索，东西横跨驭波涛。车涌客如潮。

扬州好，神骏奋蹄狂。驰骋但凭风啸疾，竖鬃一任马嘶长。骨傲气轩昂。

陆雅琴（女）

## 忆江南·登栖灵塔

浮屠上，长啸叩虚空。阵阵仰窥归雁字，声声俯听击晨钟。佛事亦兴隆。

## 忆江南·润扬大桥

通天堑，俯道指高禽。百舸过江腾万丈，万车驰速跨千寻。

谁说不开心。

## 忆江南·改革开放好

开放好，今古共深谙。冰自水生寒胜水，青于蓝出色超蓝。赋变“忆江南”。

**杜芬香（女）**

## 忆江南·最美数维扬

扬州快，发展近华韶。呼啸火车通大邑，飞奔高铁在明朝。怎不让人骄!

江北岸，最美数维扬。四月琼花偏得月，暮春芍药不输香。珍贵不寻常。

扬州好，环境世人夸。雨水充盈多润泽，气温适度没尘沙。最合住人家。

**杜道遥**

## 忆江南·扬州美

西湖瘦，美誉比苏杭。千柳长堤枝曼舞，万花园地蝶轻扬。白塔映湖光。

## 忆江南·京华城

烟尘绝，西部数京华。碧水长虹辉日月，丛楼众宇沐云霞。游客忘归家。



## 忆江南·古镇瓜洲

瓜洲渡，历史两千年。旧日江东争战地，今时邗上创新园。百舸勇争先。

## 忆江南·万福桥



祈万福，桥跨廖家沟。连接东西驰大道，贯穿南北涌清流。水陆一咽喉。

苏岚烟

## 忆江南·开放正昌隆

扬州好，桥阔万车驰。星火瓜洲灯璀璨，烟花江岸月迷离。能不最心怡。

扬州好，高铁客机忙。生意兴隆通四海，财源繁盛达三江。开放正隆昌。

苏长玉

## 忆江南·扬州忆

江南好，改革展宏遒。十里长街通玉阙，二分明月栖高楼。客旅颂扬州。

扬州忆，初忆旧城游。古巷长街连寺院，青砖大宅贯商楼。

歌舞几时休。

扬州忆，再忆运河游。十里烟花铺画卷，千重稻浪滚全畴。鸥鹭泊荒洲。

**单德馨**

## 忆江南·畅通水陆

江河网，高铁竞龙腾。智引扬城红火火，图谋野里绿盈盈。追梦复兴程。

## 忆江南·运河明珠

扬州段，时尚运河颜。往昔渡船千载远，如今高速八环间。城市展重环。

**柏开琪**

## 忆江南·商旅畅其通

扬州好，银燕驾祥云。着陆迎邀皆贵客，飞穹欢别尽嘉宾。天下一家亲。

扬州好，魂为动车豪。铁臂百年还旧梦，和谐今日兑新标。前景路迢迢。

扬州好，桥矗润扬枢。往昔长江愁阻隔，今朝天堑变通途。双子手牵欤。

扬州好，村镇任君遨。凹凸羊肠修广陌，坦平宽敞坐公交。沿线乐陶陶。

扬州好，碧水运营优。贾舶满舱江海赴，货舟盈库运河流。兴盛显方遒。

扬州好，隧道过长龙。延驶分流无拥堵，另行蹊径尽宽松。商旅畅其通。

帖德顺

## 忆江南·谁不赞辉煌

扬州美，环境喜芬芳。绿水小溪城里淌，公园瑰景市中藏。谁不赞辉煌。

扬州富，城镇早脱贫。岁岁平安先进市，年年丰产富乡村。景美好温心。

扬州丽，艳景不一般。典雅风情环境美，文明文化史深渊。处处有公园。

扬州秀，曲径美优幽。古式林园花万种，深宅街巷景千稠。声誉响全球。

扬州好，最美瘦西湖。明月清高环秀丽，古城优雅景扶疏。社会好藏书。

金文澄

## 忆江南·能不恋维扬

维扬好，村落坐公交。上学准时车接送，出行定点站台标。互动赶时髦。

维扬好，画舫贯鱼游。柳绿桃红亭榭隐，莺歌燕舞绕芳洲。玉女亮珠喉。

维扬好，高铁赛龙腾。京沪风驰双往返，安扬电掣一天程。穿越水山横。

维扬好，银燕驾云翔。淮左名都人气旺，竹西佳处客流长。能不恋维扬?

罗方妮（女）

## 忆江南·扬州醉

扬州醉，小巷泻朦胧。兔卧千年凝白塔，乌飞一日洒双虹。沽酒话英雄。

罗洪声

## 忆江南·扬州好

扬州好，旧貌变新颜。穿市运河花两岸，东关古渡塑雕瞻。

风景不平凡。



扬州好，旧貌变新颜。铁路机场连海外，大桥昼夜贯江南。风浪不忧烦。

明　光

## 忆江南·东关街

东关闹，周末客如潮。小吃飘香穿巷狭，古园连第度歌饶。檐瓦镂窗娇。

费昌华

## 忆江南·名城扬州

扬州好，域外早知名。国际人居颁大奖，安娜亲自报佳声。万众共欢腾。

扬州好，景色最妖娆。旖旎风光迎远客，城郊街巷客如潮。眼绿鼻梁高。

扬州好，空气最新鲜。制药北迁临海口，柴机南撤大江边。百姓享康安。

扬州好，到处是公园。城在园中无夏日，园藏城里有春天。老少笑开颜。

扬州好，干净洁无尘。痰迹烟头难觅见，门前聘定卫生人。长治可强身。

扬州好，双拥紧抓牢。拥政爱民鱼得水，拥军优属凤还巢。似漆亦如胶。

赵家驹

## 忆江南·扬州交通

交通畅，携杖出门行。高铁飞机皆便利，用钱刷卡即时清。能不慰心旌?

## 忆江南·湖底隧道

穿湖道，便捷过西东。绿掩山峦含秀色，气吞涵洞映霞彤。此处更从容。

## 忆江南·万福桥

桥楼堡，耸立拱东关。南北贯行千棹过，交通经济便宜还。车马竞争喧。

赵廷喜

## 忆江南·宝应剪影

安宜美，万户运河旁。大道华灯光灿亮，小区琼宇气堂皇。整洁比苏杭。

多年梦，铁路过家乡。货运东西流转快，旅游南北发车忙。

不日看风光。

**赵崇华**

## 忆江南·扬州好

扬州好，水映古城桥。廿四桥头观月色，万福桥上看鸥缭。月涌广陵潮。

**赵焕慧（女）**

## 忆江南·扬州好

扬州美，丽日惠风撩。湖荡运河描彩画，飞机高铁唱新谣。山水更多娇。

扬州好，绽放石油花。伟岸钻机淋雨雪，苍茫荒漠战风沙。原野作新家。

**赵月香（女）**

## 忆江南·宝胜风光

扬州好，宝胜亿元超。除旧布新抓发展，励精图治赶风潮。中外美名标。

## 忆江南·烟花三月

维扬好，经贸把商招。三月烟花花木俏，九州四季旅游瞧。引凤筑新巢。

## 忆江南·润扬大桥

长虹贯，南北架天桥。四海采风欢永昼，五湖赏景走通宵。两岸倍妖娆。

## 忆江南·广陵潮

扬州好，改革广陵潮。四海宾朋联厚谊，五湖商贾结新交。盛况看今朝。

赵瑞南

## 忆江南·赞高铁工程

扬州好，高铁盼完工。需到两淮随意到，想通四海即时通。圆梦舞春风。

姚佩伦

## 忆江南·扬港美

扬港美，江水接长空。长臂卸装天下货，巨轮来往港湾中。丝路倍繁荣。

姜春梅（女）

## 忆江南·乡语最情浓

江都好，南北贯西东。红绿灯前人气旺，商家铺里客源同。乡语最情浓。

江都好，柳绿伴花红。紧靠泰州邻水畔，未离淮左属城东。千里有车通。





**姜　炎**

## 忆江南·扬州好

扬州好，开放铸辉煌。高铁如梭穿大地，银鹰似箭傲穹苍。遍地漫芬芳。

**洪宝圣**

## 忆江南·扬州好

扬州好，经济竞争强。财税金融增长稳，旅游外贸接单忙。科技创新良。

**洪茂喜**

## 忆江南·兴建续新弦

扬州好，开发换新颜。地覆天翻楼栉比，东伸西扩市区延。兴建续新弦。

扬州好，城际有公交。交错纵横公路网，飞机高铁领风骚。村路水泥浇。

郭志耘

## 忆江南·沿湖大道

沿湖美，正值百花妍。一路春光车似水，两旁风景树成园。村落赛桃源。

郭文泽

## 忆江南·宝应夜色

来宝应，夜色最多情。千里运河弯臂抱，一轮明月隔帘听。深巷少人行。

施国美

## 忆江南·扬州咏叹

扬州好，虎跃又龙腾。臂展吊车工业举，林排店铺贾家兴。百业日蒸蒸。

扬州好，骑鹤任交游。铁马腾蹄联夏域，银鹰展翅贯寰球。友谊水长流。

扬州好，绿色最情牵。城市林中千翠滴，花园城里万枝妍。富氧气新鲜。

胡纯东

## 忆江南·扬州好

扬州好，街古巷清幽。街老摩肩人气旺，巷中闲踱古风悠。谁不恋扬州。

秦玉林

## 忆江南·一号文件

春光暖，花草吐芳馨。整治小街修老屋，振兴百业建园亭。一号论民生。

## 忆江南·市民论坛

新鲜事，政事大家谈。城管循章情暖暖，市民遵礼意谦谦。群策视屏前。

## 忆江南·登万福桥楼

江广美，胜境古城东。万福桥楼看广厦，七河八岛漾青葱。花雨正春风。

## 忆江南·河长好

河长好，千里百川巡。河道疏通清浊水，江堤绿化播花馨。白浪戏江豚。

## 忆江南·文昌路

文昌路，无处不风光。超市园林人信步，西山东水鸟飞翔。宝马浸花香。

## 忆江南·三月烟花节

春三月，宾客慕琼花。会馆华灯商事务，西湖白浪渡飞槎。漫品绿杨茶。

秦子卿

## 忆江南·维扬好

维扬好，情景数千秋。眷念秦邮风物美，沟通运渎月江流。万古溯神州。

袁京路

## 忆江南·美扬州

扬州好，明玉嵌苏中。婉约瑶池留贵客，风流台上引惊鸿。烟雨洗朦胧。　　邻江左，雄振待来风。百业同兴衰已老，万民齐颂盛时功。夸世更丰隆。

## 忆江南·四季扬州

扬州好，春色染邗沟。嫩柳举风疑待话，片云含雨欲勾留。烟景伫良俦。

扬州好，夏翠绿荫稠。白塔晴云临秀水，山堂香殿送银鸥。疑是画中游。

扬州好，秋月照琼楼。古运河中灯弄影，茱萸湾内雀啁啾。寻胜晚登舟。

扬州好，冬至冻青畴。供眼新梅香细细，沾衣初雪白柔柔。耽美数扬州。

袁志尧

## 忆江南·改革放花枝

云龙跃，经济势凌空。北郭南城同致富，行商坐贾互交融。创业树丰功。

城郭美，和睦贯珠音。街市浓浓添绿意；民居簇簇对芳林。秀色晚霞侵。

前程远，改革放花枝。言路大开心境美，小康实现喜舒眉。吟咏百花诗。

凌　露

## 忆江南·便利是交通

扬州好，便利是交通。扫码便车穿窄巷，轨腾快列骋飞龙。运水北南通。　　公交畅，直达镇乡中。老者乘车凭刷卡，青年让座挚情浓。安全坐更从容。



凌茂兰（女）

## 忆江南·登上古运河大桥

登桥望，水陆两通挑。北面沟通高宝泊，南方闸断大江潮。车辆顺通桥。

谈福慈

## 忆江南·文昌古阁

文昌古，画阁立千秋。草长三春芳草碧，花开四季翠花稠。过客几回眸。

## 忆江南·东关古渡

东关美，世博运河潮。碧水涟漪鱼跃日，红花鲜艳燕归巢。圆梦看今朝。

顾林泉

## 忆江南·万福大桥

虹桥伟，高架阔桥床。六道穿梭编锦绣，一方致富铸辉煌。扬子更繁昌。

虹桥伟，桥堡接银河。登顶舒张弹北斗，凝眸欣赏俏嫦娥。雅趣满心窝。

虹桥伟，美景衬桥墩。花草不名呈异彩，燕莺着意唱阳春。鲢鲤浪中巡。

夏瑞辰（女）

## 忆江南·颂润扬大桥

长虹架，景物变多娇。两岸忧心悲往日，百年圆梦喜今朝。雄俊润扬桥。

## 忆江南·赞高速路

高速好，惠策谢中枢。众志成城排险阻，潜心修路建通途。千里送轻车。

陶百川

## 忆江南·宝射河大桥

长桥架，两岸势如虹。银索斜牵双埠接，坦途高速六车通。挺立射阳东。

陶念峰

## 忆江南·晚眺文昌东路

光阴转，卌载去匆匆。忆阁东门无出处，巷中几步竟途穷。古谓死胡同。　　春风沐，旧貌变新容。耸立琼楼霄汉耀，兴修阔道远方通。灯火万家红。

# 忆江南·扬州览胜

扬州美，风景甚妖娆。白塔西湖辉互映，园林寺庙代含娇。革故胜唐尧。　　扬州秀，悠久五亭桥。玉器琳琅中外赞，琼花璀璨古今骄。观赏荡心潮。

徐　乐

# 忆江南·崛起看今朝

扬州好，风物竞妖娆。古巷蜿蜒秦汉月，春江涌动广陵潮。雨润万花娇。

扬州好，夜市碧云霄。十里长河灯璀璨，两堤垂柳客逍遥。处处沸歌谣。

扬州好，筑梦路迢迢。比翼飞天通海内，凌云高架览金焦。崛起看今朝。

高文朗

# 忆江南·风韵在今朝

春风路，杨柳竞迢迢。历史街区彰古韵，千年城郭绿波涛。辉映广陵潮。

扬州好，万福大桥娇。八岛七河呈愿景，一城两翼涌春潮。风韵在今朝。

高惠年

## 忆江南·扬州好

扬州好，天堑大桥通。万座名城今拽近，飞机便捷艳长空。高铁似飞龙。

唐　毅

## 忆江南·扬州美

扬州美，浩瀚夜江城。闲看楼船兼问古，瓜洲何事画图中。游客乐从容。　　扬州美，古渡正春风。融汇新潮都市里，霓虹灯下伴人行。轻影影朦胧。

## 忆江南·扬州水

扬州水，满目荡清幽。若不亲临淮左地，宛如阆苑画中游。摇曳自风流。　　扬州水，千里大江流。一路扶摇流去水，不辞星月到沧州。但爱任需求。

唐存芳

## 忆江南·赞扬州

宾客到，个个赞扬州。城市花园心释放，交通便捷众无忧。下次再来游。

黄石盘

## 忆江南·扬州路

扬州路，十里度春风。涤荡俗尘除积弊，扶摇明睿上层峰。展翅傲苍穹。

黄海涛

## 忆江南·扬州美

扬州美，大厦入苍穹。满树琼花香万缕，小河青岸柳千重。景致幻无穷。　　扬州美，黛瓦雨朦胧。小巷情丝如细雨，扬州美女似春风。千古与今同。

黄国禹

## 忆江南·扬州交通

扬州美，市内百花娇。城际贯通高铁站，机场连接运河桥。休假逛乡郊。

梅庆先

## 忆江南·纪念改革开放四十周年

乡村变，改革获新生。昔日农耕穷万户，今朝工贸富千村。政策定乾坤。　　乡村变，理想渐成真。一体城乡齐发展，双赢合作共攀登。同向小康奔。

曹锡恩

## 忆江南·扬州交通

扬州梦，圆在艳阳天。才乘乌龙穿北地，又登白虎跃江南。万里一时间。

蒋成忠

## 忆江南·扬州赞

江北岸，三月广陵春。十里香风萦世界，千寻明月照乾坤。白也动诗魂。

游淮左，春日到维扬。玛瑙府城光灿烂，琉璃楼宇色苍茫。且住莫还乡。

童兆明

## 忆江南·万福大桥

扬州好，万福出新桥。江广相连行便捷，东西双塔入云霄。豪气壮江涛。

童金吾

## 忆江南·扬州交通

扬州好，交往贯城乡。快速民航通外域，宽舒高铁达邻邦。来日更辉煌。

程小平

## 忆江南·古巷长街

扬州好，古巷靓新韶。十里长街灯影曳，千丛高厦画梁雕。居者乐逍遥。

焦治稼

## 忆江南·扬州好

扬州好，魅力誉声高。今日新城铺锦绣，昔时古韵赛天骄。七彩映相交。

扬州好，高速路迢迢。轨道“和谐”南北驶，“银鹰”天宇八方翱。游客涌如潮。

## 管同松

### 忆江南·飞机场

扬州好，改革建机场。狮吼鹰鸣离跑道，穿云破雾直飞扬。银燕任翱翔。

## 蔡　鹏

### 忆江南·欣见故人归

风雷震，银箭逐云飞。九阙绝驰星汉断，三江俯揽彩云垂。欣见故人归。

### 忆江南·春城新貌

屏画里，桃柳袅斜斜。笑语如莺三月雨，香风似剪一城花。锦路是归家。

## 蔡文锦

### 忆江南·古邗沟

天上月，多半照扬州。万众开来邗洫好，隋朝疏浚大运流。“扬一”美寰球。

蔡长宜（女）

## 忆江南·扬州好

扬州好，漫步古邗沟。千里运河通帝阙，一江活水下杭州。放眼景全收。　　花月夜，春水码头流。玉带星灯霓彩耀，龙舟画舫柳丝柔。琴曲正悠悠。

潘利生

## 忆江南·润扬大桥

扬州好，天堑润扬桥。昔日心惊乘摆渡，今朝愉悦坐公交。旅客乐逍遥。

## 忆江南·江都水利枢纽

机站好，旱涝不心焦。冀鲁爬坡忙北上，徐淮放水把禾浇。百姓乐陶陶。

颜呈华

## 忆江南·诗画绿杨中

扬州好，遍地郁葱茏。百里扬城花海里，千年古郡画图中。旧貌展新容。

扬州好，古运水悠长。万种风情铺锦绣，千秋岁月播芬芳。一路闪银光。

扬州好，立体大交通。银燕腾飞联域外，动车奔跑过江东。大写广陵风。

扬州好，今古两相融。一幅银屏新画面，双东街巷古城风。诗画绿杨中。

# 园林之秀

# 园 林 之 秀

卜宝昌

## 忆江南·唯美五莲花

桥亭忆，来往过仙槎。亭上诗翁吟胜景，桥旁舞女唱绯霞。唯美五莲花。

马建国

## 忆江南·碧水漾舢舻

扬州美，最美瘦西湖。白塔晴云相爱恋，长堤绿柳互情舒。碧水漾舢舻。

孔令礼

## 忆江南·西湖瘦

西湖瘦，长堤郁葱葱。白塔巍峨尘世外，虹桥如练绿波中。飞瀑水淙淙。

西湖瘦，集四相簪花。石壁流淙烟雾绕，藤花书屋玉钩斜。隔岸见归鸦。

西湖瘦，胜日好寻芳。清远堂中书幌舞，熙春台上笛声扬。风携碧云翔。

孔德顺

## 忆江南·月下夜明珠

扬州好，最美瘦西湖，日出五亭霞彩放，斜晖白塔入丹图。月下夜明珠。

孔令军

## 忆江南·万花园

扬州好，湖瘦万花园。两岸亭台围翠柳，舟停曲水景含烟。三月乐翻天。

于苏福

## 忆江南·游客乐开怀

扬州好，古渡上东街。画阁楼台深巷处，桃花杨柳燕归来。游客乐开怀。

## 忆江南·何园好

何园好，清晚数何园。片石山房称圣手，诗书门第代相传。寄啸在其间。

## 忆江南·虹桥

扬州好，相遇在虹桥。新柳春风曾有约，双飞紫燕信来捎。莫道不魂销。

王闻大

## 忆江南·扬州秀

扬州秀，纵棹瘦西湖。拂水长条穿紫燕，啄萍扁喙戏银鲈。忽入藕花都。

王　静

## 忆江南·扬州水

扬州水，湖瘦最停匀。柳岸依花看久久，亭桥临塔坐频频。消尽岭头云。

王大庆

## 忆江南·最美瘦西湖

扬州好，最美瘦西湖。桥枕秀波铺画卷，亭眈芳月绘浮图。烟柳织流苏。

王艳丽（女）

## 忆江南·瘦西湖

湖名瘦，水碧洁如银。白塔松间留倩影，红桥石上奏瑶琴。游客动诗魂。

## 忆江南·平山堂

山平砥，祈福撞钟嘻。苏轼题诗呈古貌，欧公插柳绽新枝，宝刹月明时。

王兆根

## 忆江南·水上乐逍遥

扬州好，水上乐逍遥。既效君王乘画舫，又当渔父荡兰桡。聆听玉人箫。

王建欣

## 忆江南·扬州美

湖光秀，幽趣沁心头。绿水盈盈招远客，锦凫脉脉迓游舟。淮左最风流。

春正好，三月恰逢时。灼灼桃红依翠柳，翩翩白鹭跃高枝。美景溢华词。

繁盛地，柳绿映桃红。白塔晴云游侣慕，五亭桥隽雅人崇。骚客颂春风。

莺声脆，亭榭古琴弹。画舫轻移浮绿水，琼花绽放映青山。秀色任君餐。

春色媚，天趣乐游人。湖上船娘歌韵美，淮东塔耸入凌云。远眺欲销魂。

## 忆江南·扬州好

扬州好，游客赞声高。城市文明规划好，春风一路百花娇。沉醉满妖娆。

扬州好，物阜又民丰。鱼米之乡今胜昔，人间胜境焕新容。能不令情衷。

**尤云启**

## 忆江南·西湖瘦

西湖瘦，丽水有笙歌。幽院琼花添秀色，名沟烟柳变浓稠。焉不爱扬州?

**方朝祥**

## 忆江南·游客醉心房

西湖瘦，观景比苏杭。五朵亭檐悬皎月，万花园里觅葩王。游客醉心房。

**孙　平**

## 忆江南·无处不居安

扬州好，烟雨秀林园。天下阔湖唯美瘦，人间福地最休闲。

无处不居安。



孙盛才

## 忆江南·扬州好

扬古运，八月桂花香。两岸楼台亭阁立，一排游艇笑声扬。情侣恋情长。

## 忆江南·湖美看今朝

西湖瘦，雅座五亭桥。桥孔洞天观月影，月明楼上听吹箫。共赏玉人娇。　　西湖隧，结伴隧中瞧。立体交通留缱绻，隧中穿越乐逍遥。湖美看今朝。

孙　成

## 忆江南·风光好

风光好，诗画瘦西湖。白塔凌云心澹泊，亭桥依水意宽纾。天阙应叹无。

## 忆江南·公园好

公园好，美景靓三湾。桥剪双花诗韵雅，水漪重影画图妍。游客步流连。

## 忆江南·湖光好

西湖好，画舫荡清波。十里长堤听鸟语，二分明月醉笙歌。亭榭赏风荷。

孙学贤

## 忆江南·扬州梦

扬州梦，湖瘦伴吹箫。白塔神威扬古韵，亭桥无赖吻云霄。时代领风骚。

孙声如

## 忆江南·瘦湖美

扬州美，最美瘦西湖。两岸亭台临倦鸟，千丝杨柳映飞凫。画舫载仙姝。

石志洪

## 忆江南·余爱是何园

扬州景，余爱是何园。翘角飞檐如蝶舞，归舟息港把鱼观。小径水纹湲。　　楠厅贵，造访尽仁贤。月作主人梅作客，花为四壁我为仙。寄啸在云天。

## 忆江南·园亭美

城壕缀，历久渐成湖。杨柳清嘉翻碧玉，长河澄澈串明珠。繁盛赛姑苏。　　游春日，水陆尽舟车。念四桥边留倩影，熙春台上说皇都。月上忘归途。

石才明

## 忆江南·秦邮美

生态美，服务一条龙。清洁工人夸政府， 推开驿站度寒冬。环保树新风。

秦邮美，文史靓名城。八首民歌全国唱，双黄鸭蛋秀兰英。花海放新声。

## 忆江南·盂城驿

盂城驿，名胜耀中华。嬗递文书时驿站， 犹存古迹浪淘沙。全国一奇葩。　　宏壮丽，风格似官衙。照壁厅廊临水驿， 鼓楼烟柳醉诗家。游客品形夸。

叶达海

## 忆江南·园林美

扬州好，携侣一同行。盆景园中多雅趣，琼花观里富诗情。游目慰心灵。

祁文帆

## 忆江南·游七河八岛

淮江道，天净七河长。野鸭二三欣戏水，扁舟一叶憩堤旁。真个是仙乡。　　流波澈，八岛宝珠镶。湖上荷莲翻绿浪，田间稻菽泛金黄。生态好风光。

朱国奎

## 忆江南·赞荷园

荷乡好，美景胜婵娟。出水芙蓉连理果，接天莲叶并蒂莲。玉液醉天仙。　　荷园美，改革重科研。万顷荷风香碧透，一池菡萏露华鲜，谁不爱青莲。

朱正宝

## 忆江南·四季有花香

扬州好，四季有花香。明月湖波光潋滟，三湾桥榭画亭廊。处处是诗章。

## 忆江南·新境乐逍遥

扬州好，湖瘦玉人娇。念四桥头邀朗月，熙春台上听吹箫。雅境乐逍遥。

朱士举

## 忆江南·三湾公园

羞往日，顾影每咨嗟。野蔓荒滩沦另类，污泥浊水忒奇葩。空负好年华。　　容颜美，放眼遍妍姱。花木扶疏堆锦绣，碧波荡漾映烟霞。苇渚泛浮槎。

朱兆鹤

## 忆江南·湖上美

扬州好，湖美映朝霞。白塔晴云盈紫气，虹桥碧水发春华。情侣戏莲花。

扬州好，碧水挽蓝天。古运流芳藏胜迹，蜀冈叠翠展娇颜。春色满人间。

朱福炷

## 忆江南·举目满城春

扬州好，举目满城春。十里风亲华岸客，二分月近画船人。迟步驻屐痕。

李晓廷

## 忆江南·虹桥好

虹桥好，绿柳傍湖波。雨伞清明桥上晃，游船端午洞中过。月静语声和。

李　馨

## 忆江南·扬州美

西湖瘦，水碧泛轻舟。飞燕穿林声切切，杨花怜柳意悠悠。人在画中游。

李玉强

## 忆江南·扬州好

扬州好，湖瘦五亭娇。临水人家烟柳绿，沿街坊陌酒旗飘。游客涌如潮。

扬州好，醉美瘦西湖。湖面锦帆烟袅袅，堤旁翠柳发疏疏。隋帝梦花殊。

李玉香（女）

## 忆江南·夜游明月湖

扬州好，炎夏夜清凉。灯月争辉流倒影，荷风添爽送幽香。湖水漾芬芳。

李廷龙

## 忆江南·扬州好

扬州好，处处景多娇。白塔瘦湖花引路，虹桥晓月柳丝招。游客涌如潮。

李清铣

## 忆江南·生态万民夸

扬州好，风暖柳丝斜。漫步荷池桥上望，一城绿水满园花。生态万民夸。

扬州好，处处有公园。空气新鲜身体健，小康长寿活神仙。饮水应思源。

刘同秋

## 忆江南·扬州美

扬州美，风景古今夸。湖瘦桥栏依玉女，园精房异树琼花。更有富春茶。

刘红梅（女）

## 忆江南·个园雅

山石耸，峡壁立奇峰。翠竹红楼秋色里，苍松古柏月明中。檐楯接低空。

刘荣山

## 忆江南·喜迎天涯客

天涯客，望断故园心。白塔晴云千里远，长堤春柳五亭深。无处不乡音。

刘国庆

## 忆江南·游万花园

悬泉瀑，百媚绽春天。窈窕皆怜湖水瘦，丰腴尽在万花园。眷恋不知还。

## 忆江南·蝶湖公园晚景

繁星罩，湖畔练长拳。广厦丛中溪水静，轻歌韵里众人欢。灯火夜阑珊。

刘存南

## 忆江南·街市布林园

扬州好，街市布林园。空气澄清花木盛，亭台靓丽众群喧。流水竞潺湲。

扬州好，佳境瘦西湖。白塔晴云临绿树，虹桥晓月绕青蒲。风物味尤殊。

扬州好，秀色数琼花。柔叶泽莹堆绿玉，仙葩洁白灿银霞。看到日西斜。

刘勇刚

## 忆江南·虹桥赏月

扬州月，秋夜最婵娟。桂子香浓天外落，虹桥柳影舞翩跹。皎皎万家圆。

## 忆江南·廿四桥

南柯梦，蝴蝶最关情。廿四桥边花月露，玉郎含睇待娉婷。沉醉不能醒。

## 忆江南·何园千金

何园美，佳丽正青春。姹紫嫣红深似海，凌波疑是梦中人。好个石榴裙。

吴育杭

## 忆江南·移步见公园

扬州好，移步见公园。亭接桥连花似雾，莺歌燕语柳如烟。轻棹夕阳边。

吴进荣

## 忆江南·扬州春光

春光好，一路听莺啼。素杪随风开柳眼，绯桃凝露浸罗衣。斯景比瑶池。　　瑶池比，隋岸著神奇。兰棹春波云若锦，香蹊鸟语韵如诗。焉不惹人迷？

## 忆江南·广陵琼花

飞琼白，风拽自流香。一树轻罗皆素影，满城浮蝶独维扬。灵气接仙乡。

吴天白

## 忆江南·抱山楼

千个字，觅句抱山楼。叠石分峰山色瘦，行云飞彩水光柔。夏雨入深秋。

## 忆江南·三湾湿地公园

三湾处，步道贯全园。剪影桥头人挽梦，喷泉台上水参天。

湿地两连绵。





## 忆江南·枣林湾

新凉后，逸乐枣林湾。满目题诗初入眼，长怀征梦又扬帆。心醉不知还。

### 吴德霖

## 忆江南·游人醉

游人醉，撼世得嘉名。月映浮光千个现，峰分异貌一年呈。步换影娉婷。

金山下，框景钓鱼台。玉塔玲珑神女立，亭桥秀美映荷开。靓丽胜蓬莱。

### 吴庆甲

## 忆江南·扬州好

扬州好，美景引人游。烟雨虹桥花灿灿，晴云白塔鸟啾啾。胜境个园收。

扬州好，淮左竹西园。水榭怡人风拂柳，春光移步雨含烟。接踵客留连。

扬州好，石卉列方从。遥忆帝王游冶处，琼花迎驾绿杨风。盛世牡丹红。

吴贤坤

## 忆江南·扬州好

扬州好，唐代拔头筹。水陆空衢形若网，农工商业势如遒！阔步上高楼。

张拥军

## 忆江南·扬州好

扬州好，风月伴君行。明月二分辉古渡，春风十里绿新城。能不动柔情？

## 忆江南·扬州美

扬州美，醉美瘦西湖。白塔长堤萦绿柳，红亭秀水探青凫。风景怎能书？

张卫东

## 忆江南·诗画扬州

扬州好，市井极繁华。龙凤腾骧争放彩，商圈斗艳竞开花。盛誉及天涯。

生态美，居住最相宜。碧水蓝天齐道好，繁花异木众称奇。胜境酿佳诗。

波光滟，湖瘦绿梳妆。画舫红廊涵古韵，亭桥白塔入诗章。添彩是船娘。

萦雅趣，妙构令推敲。石木相谐神斧造，亭桥合璧匠心雕。奇景领风骚。

何园靓，画境美如仙。曲径通幽呈倩景，巅峰问月赋瑶篇。游客意流连。

风景秀，林茂鸟声喧。苇浪翻腾连潋水，彩虹飞跨映苍天。滩地变公园。

**张学杰**

## 忆江南・扬州秀

扬州秀，游客觅仙琼。湖瘦画舟摇碎影，莺啼烟柳拂香英。归棹月斜萦。

**张　言**

## 忆江南・蝶湖公园

波光滟，彩蝶落平湖。亭榭瑶台修竹隐，虹桥碧浪绿荷浮。野鹜逐飞珠。

## 忆江南・三湾湿地

游古运，曲水绕三湾。绿地风吹芦荻荡，丹霞云涌鸟声喧。

桃柳映蓝天。

## 忆江南·花园城市

春来到，烟雨柳丝斜。叠树纷呈夹道果，层林尽染满城花。运水接天涯。

**张元良**

## 忆江南·扬州好

扬州好，三月玉人娇。百里烟花如锦绣，万名游客似春潮。香醉五亭桥。

扬州好，仙境塔湾韶。叠嶂亭台邀日月，运河川坝搭虹桥。生态景园娇！

**陈光荣**

## 忆江南·灯火映亭桥

烟花地，灯火映亭桥。月瘦西湖孤影俏，楼栏深处起笙箫。音颤玉人袍。

**陈美云（女）**

## 忆江南·龙山公园

仪征好，游览美龙山。青竹增新迎贵客，百花斗艳展妍颜。迷景忘归还。

## 忆江南·芍药园

仪征好，芍药美仪真。姹紫嫣红连万蕾，花香艳丽满乾坤。游客喜来奔。

## 忆江南·枣林湾

仪征好，风景更妖娆。芍药无垠花彩展，园林万顷绿波邀。游览客如潮。

陈省三

## 忆江南·幽境胜江南

莲桥妙，白塔映微澜。闪闪金鳞翔水底，翩翩玉蝶绕山岚。风景诱人看。　　西湖瘦，秀色供休闲。闭月羞花披彩练，沉鱼落雁引金蟾。幽境胜江南。

陆会斌

## 忆江南·游瘦西湖

维扬美，圆梦绕湖行。天下西湖三十六，唯谈此处瘦芳名。清丽胜天庭。

西湖好，画舫水中轻。笛奏春江花月夜，船娘摇唱柳梢青。一路漾春情。

扬州艳，三月最温馨。柳拂细波花浥水，桥含烟翠塔晴云。

诗画咏长春。

杨恩富

## 忆江南·康盛玫瑰园

登月北，茉莉道旁边。花海飘香迎远客，飞鹰展翅阅青山。气魄岂平凡。　　群贤聚，铸镇半边天。戮力同心关隘闯，乘风破浪顶峰攀。圆梦尽开颜。

杨文华

## 忆江南·西湖美

西湖美，桂棹荡潺溪。鹭鸟翩飞传籁远，游人极目览屏宽。赏景致缠绵。

## 忆江南·何园

何园美，缓缓送音繁。复道蝉鸣声未弱，庭阶卉绽色犹斑。翠竹气昂轩。

何园秀，朗月上书芸。圃印苔踪留鹤迹。波流响韵伴蝉琴，独恋作闲云。

## 忆江南·栖灵塔

栖灵塔，突兀入苍穹。口诵牟尼千影静，心持佛念万缘空。满树雨烟笼。

明　光

## 忆江南·城市公园

公园小，座座近人家。夏树成荫池水浅，春花铺地月光斜。晨晚步烟霞。

赵家驹

## 忆江南·城市公园

园林美，阆苑傍家中。踱步赏花吟旧句，临风望月听禅钟。清静养心胸。

赵亚杰

## 忆江南·淮左夜明珠

西湖瘦，清秀美人居。堤柳娇柔梳碧水，熙台潇洒钓金鱼。淮左夜明珠。

扬州俏，最俏瘦西湖。水底交通行隧道，亭边围聚赞鸿图。挥笔写还书。

赵崇华

## 忆江南·扬州好

扬州好，古韵景园稠。水瘦西湖风景美，七河八岛尽风流。诗画看扬州。

赵月香（女）

## 忆江南·春柳

春柳好，市树绿丝绦。日照风吹昂首立，雨淋霜压伴君摇。谢汝把春招。

施国美

## 忆江南·扬州好

扬州好，美景胜天堂。鸟叫鱼游人气旺，红飞绿涨色光香。信步逛仙乡。

凌　露

## 忆江南·扬州美

扬州美，最美瘦西湖。碧水清波摇柳岸，琼楼俊阁串珍珠。水墨画图浮。　　神仙境，美景五洲殊。浴日莲花桥耀目，披风游艇客欢愉。梦里亦心舒。

凌茂兰（女）

## 忆江南·到处是春光

扬州美，到处是春光。一阁映波湖面上，二桥横跨水中央。湖畔韵芬芳。　　扬州俏，白塔五亭昂。三月烟花迎贵客，四时琼树送宾商。谁不赞维扬。

夏瑞辰（女）

## 忆江南·赞何园

何园美，岁岁换新装。曲径通幽千竹舞，假山重叠百花香。游客喜洋洋。

徐鹏光

## 忆江南·真州龙山公园

垂碧柳，莺啭觅知音。四季花田翻彩浪，三湖灵气恋飞禽。蜂蝶醉花阴。　　梅花引，玄圃不须寻。高节虚心清竹海，激情赤胆炽枫林。争赋水龙吟。

徐　乐

## 忆江南·扬州好

扬州好，最美五亭桥。秀水澄如琼玉液，平湖瘦似美人腰。

日落夜听箫。

扬州好，满目绿滔滔，景入园林花世界，春回琼岛柳丝绦。福地聚英豪。

高惠年

## 忆江南·扬州好

扬州好，最美瘦西湖。一路楼台中外客，亭桥小憩话猴猪。花海骋遐图。

黄海涛

## 忆江南·愿做广陵人

西湖瘦，仙子柳腰身。十里长堤风拂柳，一泓碧水鹭衔鳞。潋滟逐闲云。　　游画舫，客醉棹歌君。讴唱扬州花似锦，笑迎宾客面如春。愿做广陵人。

黄国禹

## 忆江南·扬州胜景

扬州美，碧水濯莲妖。四望亭边花似锦，五亭桥畔客如潮。纤柳秀蛮腰。

盛莲纯（女）

## 忆江南·春色最堪怜

西湖瘦，春色最堪怜。十丈楼台承锦绣，一园芍药露春烟。眉月正纤纤。

蒋成忠

## 忆江南·西子又何如

长湖瘦，江左一明珠。烟霭环萦升玉兔，波光曲照坠金乌。西子又何如?

蒋兴国

## 忆江南·运河风光带

风光好，春染柳梢黄。花早先知依岸锦，燕曾相识伴鸥翔。随处可徜徉。

谢良喜

## 忆江南·情系渡娘谣

西湖美，最数五亭桥。五朵荷莲开渌水，四围烟柳拂兰桡。情系渡娘谣。

谢政安

## 忆江南·扬州美

扬州美，江岸系明珠。三月琼花开古寺，二分明月照新衢。游客忘归途。

扬州美，神女卧西湖。满径烟霞飞绮梦，数支兰棹绘清图。欸乃一声呼。

程济威

## 忆江南·扬州咏叹

扬州俏，独恋五亭桥。状似莲花池映日，形如荷叶妹听箫。明月洞中漂。

金锅瘦，依水柳含羞。日照长堤争绿早，烟波轻浪秀风流。客醉万花洲。

程小平

## 忆江南·寻醉客如潮

扬州好，园雅景多娇。四季奇葩香自溢，五莲萍水舫轻摇。寻醉客如潮。

焦治稼

## 忆江南·扬州风光

扬州好，园景竞娇娆。湖瘦船娘清曲唱，平山宝塔瑞光昭。百卉溢香飘。

阚长保

## 忆江南·二分明月楼

登楼望，竹石绕潭幽。犹忆玉箫迷墨客，更思明月醉骚俦。何况又金秋。

管同松

## 忆江南·瘦西湖

扬州好，最美瘦西湖。白塔花明邀伴侣，红桥柳暗诱仙姑。处处导游图。

蔡　鹏

## 忆江南·西湖月

轻舟上，佳客却为谁？湖曲清歌随浪转，月明柳影对人垂。盈瘦总相宜。

蔡长宜（女）

## 忆江南·扬州好

扬州好，白塔五亭桥。仙境人寰夸独秀，金山湖水竞双娇。瘦小倍妖娆。　　长堤畔，翠柳夹红桃。云影天光曦日照，凫庄波阙露台邀。百鸟喜来朝。

扬州好，巧构话园林。四季景观园里聚，千分韵味个中斟。半竹见虚心。　　时空道，明代到而今。春色夏山秋阁抱，花窗冬景石狮吟。宜雨听牙琴。

扬州好，最忆是何园。寄啸山庄含古蕴，芷舠家业诉今贤。槐树傲苍天。　　回廊外，廿四景争妍。片石山房藏璧月，方壶亭榭奏琴弦。窗口过神仙。

薛中理

## 忆江南·扬州美

扬州美，古邑换新装。三月西湖垂柳袅，九天仙鹤絮云翔。山翠水流长。

## 忆江南·三湾翠

三湾翠，生态展新园。双节桂花香气溢，百畴林海美亭轩。鸟唱太平年。

## 忆江南·珠湖美

珠湖美，渺渺望无涯。万顷碧湖生闸蟹，千寻绿水养条虾。落日耀光华。

# 文化之魂

# 文化之魂

于苏福

## 忆江南·史公祠

扬州好，曲径史公祠。霜菊采来三两簇，忠魂犹有万千悲。化作彩云飞。

仇国安

## 忆江南·文明城

风光带，两岸尽绫罗。花卉传媒宾涌市，蒹葭招客艇穿梭。改革涌金波。

文明市，悠久史辉煌。水陆繁华开放翅，城乡锦绣举飞觞。欢笑满街坊。

王　静

## 忆江南·美好回忆

扬州忆，八怪最知名。修竹幽兰聊写意，瘦梅清佛寄怀情。无愧此生平。

## 忆江南·美好故事

扬州月，正是最分明。一夜清箫吹不断，千年佳句诵难停。

多少故人情。

王大庆

## 忆江南·扬州美食

扬州好，应景品佳肴。春馔银刀尝妙物，秋烹香蟹醉良宵。淮左遍名庖。

王兆根

## 忆江南·赞瓜洲中学

瓜中好，花甲正芳华。植李栽桃开蓓蕾，滋兰树蕙绽瑶花。香气漫天涯。

瓜中好，诚恳劝顽童。鸦雀停飞焉化鹄，鲤鱼不跃岂成龙。载梦搏长空。

瓜中好，处处溢书香。桃李纷呈悬硕果，人才辈出创辉煌。摛笔写华章。

方德福

## 忆江南·邗江教育

邗教好，理念总超前。文化根基深且固，特长专业冠军连。施教也争先。

## 忆江南·省运太极拳扬州张清冠军

扬州好，群运出新招。太极健身参省运，全民运动起高潮。夺冠赞张娇。

## 忆江南·公交敬老情

扬州好，翁媪出门行。“长寿”上车人让座，幼儿“幸福”护精灵。社会见真情。

## 忆江南·康乐新村美

康乐好，莲韵润民心。美丽家园邻里睦，书香门第立功勋。正气贯乾坤。　　文化好，诗画蕴新村。廉孕英才歌万福，爱生新秀铸忠魂。岁岁有佳音。

**孙广林**

## 忆江南·赞古城遗址

扬州好，遗址溯源长。唐宋元明清址叠，诗词歌曲赋文彰。谁不颂维扬。

**孙声如**

## 忆江南·好人多

扬州美，点赞好人多。济困扶危当典范，尊贤敬老学英模。播爱比江河。

叶达海

## 忆江南·扬州最宜游

扬州好，故事动人肠。弘历南巡寻酒饮，鉴真东渡劈波航。胜迹世无双。

扬州好，人物竞风流。英杰馆中雕像美，梅花岭上鸟声柔。骑鹤再重游。

## 忆江南·雅士著新书

扬州好，宝地出高徒。玉器厅中添妙品，树人堂里育鸿儒。雅士著新书。

祁文帆

## 忆江南·赞崇文尚德

如酥润，教化善推崇。八怪馆中知墨竹，史公祠内晓丹枫。犹似沐春风。

朱正山

## 忆江南·文化广交流

扬州好，文化广交流。马可波罗通外域，新罗崔子笔中收。一路古丝绸。

## 忆江南·扬州好

扬州好，福地古邦畿。蜀岗三峰呈毓秀，淮东一脉稻粱齐。人杰得天时。

**朱正宝**

## 忆江南·处处有书房

扬州好，到处有书房。翰海无涯勤是岸，学风大振育贤良。智慧大磁场。

**朱凤英（女）**

## 忆江南·文脉远悠悠

扬州美，风景醉然歆。春日桃花垂柳杪，秋天溪客笼烟湑。诚请四方君。

扬州好，翰墨古人留。城市书房能易觅，鉴真讲座确难求。文脉远悠悠。

**朱兆鹤**

## 忆江南·读史咏诗篇

扬州好，文脉越千年。雕版传承书愿景，梅瓶绝世誉坤乾。读史咏诗篇。

扬州好，青史纪英魂。月照雷塘千古帝，梅开岭上万年春。板荡辨忠贞。

## 忆江南·宾客喜相逢

扬州好，宾客喜相逢。银燕凌空娇亦美，铁龙吟啸气如虹。归去自从容。

### 李玉强

## 忆江南·今古重文昌

扬州好，今古重文昌。“八怪”美谈传井巷，一枝萧叶动心肠。竹石墨犹香。

### 李万桃

## 忆江南·园丁赞

园丁美，奉献苦耘耕。书馆如山勤捷足，学堂似海鼓帆征。最喜读书声。

### 李清铣

## 忆江南·城市遍书房

扬州好，城市遍书房。便利全民勤阅读，提高学养育芬芳。大道走康庄。

李昌先

## 忆江南·古韵赞先贤

扬州好，妙手绘三湾。铁笔如椽书画卷，青铜雕史刻诗联。古韵赞先贤。

## 忆江南·扬州好

扬州好，辉映古今娇。十里文昌唐宋景，二分明月领风骚。新貌令人骄。

扬州好，人在画中游。古树嘉花移步景，凌波桥影碧波流。骚客亮诗喉。

扬州好，漫步砚池边。研墨静闻鱼读月，挥毫遥看鸟谈天。书舍在公园。

李家寅

## 忆江南·文化上层楼

扬州好，文化上层楼。城市书房新领域，人才培养获丰收。社会颂千秋。

## 李望苏

### 忆江南·琼花好

维扬好，琼蕊世无双。邗水滔滔流日夜，熙春台上曲高扬。佳丽步回廊。

### 忆江南·汶河好

汶河好，阮宅换新裳。古寺旌忠忠义在，上青功德泽三江。春色谱华章。

### 忆江南·梅岭仰高贤

扬州好，山色足留连。古迹遗踪随处是，一江青水柳含烟，楼阁映蓝天。　　西湖好，凫庄独倚栏。春柳长堤风物美，万花园里万花繁。梅岭仰高贤。

## 李存山

### 忆江南·龙虬印象

龙虬古，史迹七千年。遗物昭明新石器，江淮孤寂旧尘烟。名实不虚传。

## 刘有祥

### 忆江南·国粹喜传承

扬州好，国粹喜传承。蜀岗松间多雅集，虹桥月下有箫声。

文化育名城。

**华子奇**

## 忆江南·扬州三忆

扬州忆，最忆是诗仙。一别云心黄鹤后，三月烟花广陵前。一点远帆悬。

扬州忆，二忆是瓜洲。七发秋潮濯病体，三江春月展花喉。百代万人讴。

扬州忆，再忆是双卿。明月二分天下仰，竖箫廿四世人寻。鹤骑惬君心。

**吴德春**

## 忆江南·天山一号汉墓

游汉塚，题凑并黄肠。西汉王朝原已渺，神州华夏正辉煌。历史尽沧桑。

## 忆江南·宝马下扬州

烟霞拢，街市靓明眸。美食温泉随客意，萧娘俏妞荡轻舟。宝马下扬州。

吴献中

## 忆江南·文化古韵

扬州梦，过客几痴狂。刘濞十年雄大汉，杜郎一梦醉中唐。弘历倚维扬。　　三分月，其二正重光。唐宋元明清故地，古文水绿秀新冈。四度创辉煌。

## 忆江南·印象雨花石

皇后石，万古出奇葩。乘雨甘当阡陌路，补天化作彩云霞。只此属中华。　　花石雨，观赏四时佳。琼宇瑶台犹幻境，猪牛犬马似人家。想象乐无涯。

## 忆江南·祥庐赞

祥庐小，景致缩微雕。一石一砖一画意，小门小院小虹桥。盆景牧牛羔。　　祥庐好，闹市静悄悄。室雅何须谋大宅，心宽未必靠奢豪。精致领风骚。

何永林

## 忆江南·春好处

春好处，骑鹤下扬州。岸芷汀兰盈隽秀，白云碧水绕琼楼。横笛颂金瓯。

春好处，送暖入屠苏。激浊扬清谋善策，栽桐引凤建名都。一派上河图。

春好处，紫气漾书轩。太守文中寻妙趣，乾隆水上荡轻帆。唐韵有遗篇。

春好处，大雁落平沙。四相簪花添梦笔，千秋泼墨灿方家。骚客赞琼花。

春好处，一棹荡清波。鱼水情深凝地气，军民意合向天歌。盛世起祥和。

**张竹亭**

## 忆江南·万花楼

花楼敞，四相拣花香。曲院诗橱多醒目，晓帘通室几回肠。世代景辉煌。

## 忆江南·琼花馆

琼花翠，香溢独称魁。远观千枝春雨放，俯看万叶彩霞飞。改革庆云晖。

## 忆江南·何园美

林园雅，最美属何家。别镜怡萱庭有训，湖山汇胜璧无瑕。四季赏奇葩。

陈省三

## 忆江南·城北初中

城北美，学子满庭芳。授业传薪才广博，培桃育李德高昂。载誉九州扬。

## 忆江南·瓜洲古渡

瓜洲兴，古渡忆芳容。沉宝十娘传逸韵，留诗安石品春风。现代旅游宫。

## 忆江南·龙虬遗址

龙虬古，遗址七千年。刀剑火枪新石器，木车竹简古铜钱。考察重科研。

陈有根

## 忆江南·扬州好

扬州好，月异日新容。古巷清幽藏雅韵，新区开发展华琼。今古味无穷。

扬州好，最美五亭桥。莲绽湖中迎客至，桥连堤岸接人潮。陶醉众诗豪。

扬州好，美景胜苏杭。日照红园花烂漫，月临蜀岗韵飞扬。游客颂辉煌。

扬州好，国粹广传承。小巷瑶琴扬古意，长街清曲唱新声。雅韵漾星辰。

**宋咏兰（女）**

## 忆江南·赞扬州

江南美，堪比我扬州。秀色园林闻旧曲，繁华大厦唱新歌。写不尽邗沟。

江南美，再说我扬州。寄啸山庄花草翠，登堂入室画图优。故事记吴州。

**邱宝林**

## 忆江南·家乡美

家乡美，运水映骄阳。世界申遗名响亮，乾隆留迹景辉煌。两岸稻花香。

家乡美，花木美名扬。培育幼苗销万国，梳妆大地靓康庄。生意越东洋。

**沈　江**

## 忆江南·访朱自清故居（新韵）

伏案醒，摇曳映窗棂。竹掩老屋明月挂，枇红墙角候虫鸣。人像两重清。

## 忆江南·月夜五亭桥（新韵）

西湖好，百媚万般娇。碧水起伏衔月走，烟花飞舞满天飘。相会五亭桥。

杜苏梅（女）

## 忆江南·扬州月

扬州月，邗上古琴谙。明月湖边风景秀，京华城畔水如蓝。星火闹云天。

苏岚烟

## 忆江南·扬州好

扬州好，最忆是平山。晓起凭栏舒望眼，晚来持酒对青峦。诗意宋唐间。

肖腊梅（女）

## 忆江南·扬州好

扬州好，最是瘦西湖。春染烟波花照影，秋携鸿雁月牵裾。梦里任扶疏。

扬州好，寄啸一山庄。片石停云犹叠巘，回廊趁雪更含章。换取旧行藏。

扬州好，竹向个园寻。只为潇湘知我意，但凭风雨作清音。契阔与君深。

扬州好，古寺有栖灵。载酒平山江影峭，拈花宝刹夙心恒。槛外数鸥盟。

扬州好，临水起高旻。龙脉迎銮增紫气，行宫驻跸沐韶钧。梵磬也相闻。

扬州好，携手过东关。钗钿著香风已媚，笙箫买醉月何闲。岁岁送清欢。

**金凤兰（女）**

## 忆江南·扬州赞

看碧水，两岸柳依然。风渡舨船舟唱晚，暮追落日月弹弦。醉饮运河前。

花绽蕊，红绿醉蓝天。玉树凌空描雨雾，冰雕静卧弄云烟。墨客景中还。

君踱步，碧水绕西湖。二十四桥邀月醉，双峰云栈览风途。绿翠映流苏。

游旧馆，恍若见欧阳。风雅推波弹古韵，清幽染墨谱新章。曲散客留香。

凤凰岛，庙塔揽云霄。阁里山庄抛世事，林中栈道渡心潮。垂钓意逍遥。

**杨文龙**

## 忆江南·中华诗乡赞

诗乡赞，国粹再弘扬。走进校园能励志，将来报国信心强。诗教育贤良。

**杨　洁**

## 忆江南·扬州好

扬州美，最美瘦西湖。嫩柳轻丝堤上舞，碧桃新艳雨中涂。舟动起云凫。

扬州爱，最爱上平山。一塔凌霄开景阔，万松叠翠傍云闲。清韵任流连。

扬州乐，最乐竹园居。宜雨轩中摇影绿，抱山楼外弄晴殊。人自醉蓬壶。

扬州赏，最赏是何园。镂壁花窗容寄啸，映流片石好聆弦。廊步复回环。

扬州忆，最忆古萸湾。落去红英随逝水，飞来白鹭绕连船。梦入碧霞天。

## 忆江南·夏日小秦淮

花幽浅，苔绿上堤栏。频起凉风轻拂柳，才停微雨复鸣蝉。人立水清寰。

## 忆江南·燕燕居

燕园好，惬梦有馨芳。细瀑流泉鸣绿绮，飞云过雨湿红裳。最羡为花忙。

**周冠钧**

## 忆江南·杂咏

扬州好，第一瘦西湖。烟水迷离花隔柳，亭台次第璧成珠。风月不胜书。

扬州好，西北望平山。载月风清浮绿蚁，坐花人爱采红莲。香绕小阑干。

扬州好，竹石自悠悠。拾径深寻千点绿，抱山宜赏四时秋。到此忘行休。

扬州好，寄啸又如何。隔水孤峰云外至，回廊千尺画中过。楼阁自烟萝。

扬州好，闲步向东关。乐尽人情新世态，得来风物旧诗篇。且傍酒家眠。

扬州好，清绝小梅花。岭上春风知有意，樽前故事恨啼鸦。古木隐龙蛇。

扬州好，花气逐人居。琼蕊数枝春试玉，药栏一片夏含朱。生意到如如。

扬州好，无处不园林。看竹看花真自在，听风听雨漫侵寻。相守是清心。

扬州好，最爱小秦淮。旧巷幽居唯可乐，夭桃深柳不须猜。桥上市声开。

扬州好，大美广陵城。十里春风家国梦，二分明月古今情。河畔柳青青。

周政发

## 忆江南·扬州好

扬州好，最美瘦西湖。十里清波随岸柳，万支妍卉似仙姝。游客忘归途。

扬州好，天下早闻名。自古文人多泼墨，而今骚客必吟情。诗画满街亭。

居瑞洲

## 忆江南·扬州美

扬州美，风景赛江南。花木两边依碧水，楼台一路伴灵山。明月恋人间。

唐招寺，古刹久名闻。蜀岗中峰留慧眼，鉴真东渡送栖灵。弘佛重修行。

名园誉，难忘个园圈。名竹八方齐聚会，假山四季筑成园。观赏景超然。

房先毅

## 忆江南·观荷花池

临初夏，尤喜古城荣。鳞戏荷花潜浪底，风摇碧叶映波中。今古颂无穷。

## 忆江南·运河申遗

扬波秀，城伴运河荣。帆鼓京杭如画卷，名驰世界若天工。申遗竹西雄。

## 忆江南·东方邮都

邮亭秀，高耸傲苍穹。盂驿如诗荣世界，邮都似画冠西东。盛世更繁荣。

罗洪声

## 忆江南·扬州好

扬州好，旧貌换新颜。美术图书双博馆，邗江经济又翻番。楼宇建千间。

明　光

## 忆江南·文化名城

扬剧好，演艺上层楼。百岁铿锵能挂帅，谢安潇洒更风流。添学士名优。

清曲妙，深婉动人情。百首曲牌存古调，数家名段唱今声。深巷月空明。

评话俏，融说演才高。皮五重说翻新意，陈毅笑谈灭顽豪。杨、惠领风骚。

## 忆江南·城市公园

公园小，座座近人家。夏树成荫池水浅，春花铺地月光斜。晨晚步烟霞。

## 忆江南·书房

书房悄，心静拂浮嚣。慕学趋才求有识，修身养性破无聊。还借自逍遥。

费昌华

## 忆江南·守望是书香

扬州好，守望是书香。城市书房芳草地，通宵达旦亮灯光。央视首宣扬。

赵家驹

## 忆江南·家风

家风馆，立德有规循。处事慎行持善意，语言恭敬胜亲人。民乐共逢春。

## 忆江南·贺宝应中学九十年庆

名誉好，观念领新风。湖阔岸平佳木荟，师勤道永泮池功。灵璧石成峰。

## 忆江南·贺瓜洲中学六十年庆

金桥阔，白玉砌园中。池水学宫通御道，紫薇春雨乘东风。花秀赖园工。

瓜埠忆，文运逐潮升。塔影梵音心境善，江风明月棹歌生。史乘脉相承。

瓜中美，筚路建新黉。白玉金桥通锦绣，红荷翠叶濯流淙。学界自为荣。

赵廷喜

## 忆江南·宝应剪影

春三月，乘兴看新城。体馆堂皇夸“鸟屋”，公园漫步听莺鸣。睹景快生平。

银潮涌，翁媪八方来。跳舞弹琴身健美，吟诗作画兴悠哉。视野旅游开。

赵月香（女）

## 忆江南·平山古刹

栖灵好，信士把香烧。宝殿大雄弥勒笑，藏经楼阁钵声敲。登览客如潮。

姚佩伦

## 忆江南·扬马美

扬马美，一路百花馨。大步流星风景里，加油呐喊振精神。运动为强身。

洪宝圣

## 忆江南·文明城市

扬州好，社会倡文明。处处言行依准则，人人济困献真情。百姓爱心倾。

洪茂喜

## 忆江南·扬州好

扬州好，院校列前茅。专业齐全彰特色，人才培养创新高。文博德高超。

郭金标

## 忆江南·书乡雅

书手雅，书法展芳菲。墨舞龙蛇玄秘塔，笔描风月右军碑。三友沐霞辉。

秦玉林

## 忆江南·城市书房

芳丛处，幽雅小书房。云鹊飞临窥几净，冰轮朗照带秋凉。阅读少年郎。

## 忆江南·宝中吟咏

辉煌史，六万慕桃馨。兴学含辛风雨日，育人执意胆肝心。信念愈真恒。

环境美，玉宇笼花香。柳岸虹桥浮水鸭，镜湖侧畔学星廊。晤圣两流芳。

## 忆江南·诗词商业街

繁华路，百店嵌诗牌。义利分明无假货，法规遵守重情怀。诚信入诗来。

谈福慈

## 忆江南·廉政广场

廉政好，铜镜识兴衰。优美体操传友善，应时歌曲唱和谐。拍蝇净九陔。

## 忆江南·琼花独秀

琼花艳，改革换新衣。远仰千峰红日出，俯看四海彩霞飞。历代称花魁。

陶百川

## 忆江南·赞天平初中

初中美，教改谱新章。莫道园丁终日苦，烛光影里笑声扬。

学子赴西洋。

徐润群

## 忆江南·扬州名人

扬州好，潋滟绕蓬莱，韵步秦观淮海句，神随郑燮竹枝怀。共影照吴台。

徐坤庆

## 忆江南·赞杨庄中学

杨中好，学子热情高。严谨校风能量正，年年中考桂香飘。乡镇独占鳌。　　杨中好，诗教广陵潮。平仄推敲心血耗，诗词优雅志情豪。省府把名标。

徐鹏光

## 忆江南·文苑诗词街

商铺旺，创意亮诗牌。特色行风融雅致，儒商骚客赋和谐。能不畅情怀。

## 忆江南·扬州盆景博物馆

呈豪婉，神韵媲瑶词。顺理造型方得趣，缩龙成寸更彰题。对景悟禅机。

高文朗

## 忆江南·扬州好

扬州好，城市尽香飘。四望亭边多趣事，东关街畔健身跑。欢语逐云霄。

高惠年

## 忆江南·传统又时兴

扬州好，曲艺上荧屏。木偶民歌扬世界，古筝评话展风情。传统又时兴。

高国华

## 忆江南·赞扬州

扬州美，八怪尽文贤。书画百年传妙品，诗词一代布佳篇。皓气入云天。

屠　淮

## 忆江南·赞新华书店

书店好，兴业沐朝曦。领导楷模身作则，柜员风范品如仪。改革敢争奇。

梁万荣

## 忆江南·赞黄珏幼儿园

新时代，特色幼儿园。滑板滚球频运转，拔河攀索荡秋千。玩具配齐全。

新时代，整洁教研楼。海豹游鱼多活泼，飞禽走兽出风头。师幼更无忧。

童金吾

## 忆江南·扬州文教

扬州好，文教换新天。艺苑春融群卉丽，师坛光耀万生贤。盛况看当前。

程小平

## 忆江南·人文扬州

扬州好，文韵汉唐遥。春晓烟花隋岸柳，秋清明月玉人箫。谁不赋词骚?

扬州好，灵地凤凰巢。自古广陵多俊杰，而今邗上出芳桃。诗画哺英豪。

蔡文锦

## 忆江南·历史名城

多英烈，最念东圈门。辛亥伟人熊成基，一门英烈江上青。壮志为元元。

花解语，岭上有寒梅。万古忠臣史阁部，清香浮动月黄昏。亿众吊神威。

思悠悠，凝睇文选楼，畴昔易名曹李巷，曹宪李善占鳌头。“选学”孰良俦？

中轴好，独数文昌楼。万古文明都称美，舜禹肇创九州图。千祀传寰球。

花城好，最美万花园。姹紫嫣红娇碧翠，香花世界客如云。诗也有奇芬！

蔡长宜（女）

## 忆江南·历史人文

扬州好，北望蜀冈峰。古寺大明瞻太守，鉴真东渡祀遗容。千载佛香浓。　　天山上，汉墓地王宫。隋代迷楼唐代馆，观音寺庙梵音钟。韵逐绿杨风。

潘利生

## 忆江南·宝应新城

新城好，楼宇入云霄。学校攻书培学子，公园击剑育英豪。赤子故乡娇。

# 乡村之美

# 乡村之美

丁兆松

## 忆江南·农家乐

农家乐，机械替人劳。回首不堪双抢月，舒心勿再几弯腰。一片笑声高。　　传喜讯，乡镇改公交。起步两元通市里，老人凭卡免荷包。远近任逍遥。

卜瑞凤（女）

## 忆江南·水乡吟

家乡水，花艳鸟争鸣。垂柳衔珠招锦鲤，芙蓉出水诱红蜓。游客醉渔汀。

孔德顺

## 忆江南·扬州水

源头处，闸放浪滔滔。南水扬波一路笑，北方大地引春潮。伟业赛山高。　　龙川美，龙首望江潮。鱼米之乡舟唱晚，秧歌号子响云霄。十里栽花娇。

孔令军

## 忆江南·扬州好

扬州好，古运越千年。两岸村庄通大道，车如流水过农田。到处有公园。

孔秀霞（女）

## 忆江南·珠湖美

珠湖美，湖荡鸟天堂。鳖蟹鱼虾同戏水，沙鸥野鸟共翱翔。佳趣满芦乡。

珠湖美，芦荡鸟天堂。青芦香藕清水傍，闲云湖水接天藏。最美我家乡。

于苏福

## 忆江南·扬州好

扬州好，最爱瘦湖东。竹影婆娑新雨后，秋光烂漫晚来风。人在画图中。

扬州好，兴步蜀平冈。枫叶染丹秋意晚，芦花飞雪菊幽香。片片落诗囊。

王　琴（女）

## 忆江南·赞湖乡

天青处，碧水吻西堤。解棹惊鸥穿荻岸，流波堆浪逐花枝。萍藻卧涟漪。

桥飞处，云雁展骄姿。车载远朋喧漫水，风传佳讯闹湖西。灯业创先持。

花开处，盛景又如期。绿瘦红肥春静美，雨调风顺岁安怡。乡镇亦迷离。

王志明

## 忆江南·珠湖美

珠湖美，春色惹人夸。丽日融融铺水面，清波漾漾跃鱼虾。笑靥映桃花。

珠湖美，朱夏赏湖鲜。荷叶田田香满袖，池莲片片碧连天。菱角两头尖。

珠湖美，秋季惠风吹。水阔天长孤鹜舞，云开雾散彩霞飞。河蟹正膘肥。

珠湖美，冬景似仙葩。瑞雪茫茫飘襞社，寒梅点点绽芳华。

水岸满蒹葭。

王之义

## 忆江南·珠湖新韵

珠湖美，水岸碧空新。一道循环林茂密，千流调蓄水清纯。帆鹭夕晖亲。

## 忆江南·灌区新貌

江淮水，润泽我家乡。十里长堤青翠树，数间小闸桔红房。景美米鱼香。

王忠清

## 忆江南·生态走廊

江淮水，北调济津京。三湖尽显生态美，一江更倾环保情。绿色走廊名。

王大庆

## 忆江南·生态美

扬州好，生态美江淮。百里清波鸥鹭掠，两堤芳树凤凰来。丰绿聚珍财。

王惠芬（女）

## 忆江南·水网景观新

扬州好，水网景观新。六汊静陪城镇靓，九牛雄视运河亲。湖面碧波粼。

王梦君（女）

## 忆江南·伯湖渔隐

沿湖好，渔舍胜天宫。黛瓦灰墙连别墅，红花绿树间晴空。习习采新风。

沿湖好，碧水绕村通。鸥鹭翩翩争展翅，渔帆点点接苍穹。荷绿复含红。

沿湖好，湖上祭仙宗。月泻清辉台宴处，风吹摇影夜华空。盛世凯歌同。

沿湖好，兴学有文翁。醉舞雪花轻若梦，狂歌岁月势如龙。提笔奋飞鸿。

王国定

## 忆江南·家乡好

家乡好，最好是滨江。昔日横沟丛草地，今朝矗宇密楼房。

变样是农乡。　　周庄变，卌户入滨江。低矮茅庐无迹在，阔高楼屋有新装。透气有阳光。

家乡美，最美是滨江。阳照微波光闪闪，风摇垂柳影长长。紫燕杜鹃忙。　　神仙境，美誉九州扬。滘岸机车随景走，江中舟楫击波航。梦里赏风光。

家乡乐，最乐是滨江。马路少弯宽坦亮，医疗合作众相帮。娱体翰书芳。　　生活富，用款去银行。家具衣裳新款式，手机车子渐平常。饭菜味鲜香。

王兆平

## 忆江南·荷乡美

荷园秀，倩影佩妆姿。飞燕靓妆将动处，貂蝉拜月半开时。神韵媲虞姬。　　莲花丽，万顷浴波池。映日鲜花红灿灿，接天嫩叶碧离离。纵棹满舱诗。

王一秋（女）

## 忆江南·水乡晚荷

花枝俏，翠意水中留。醉柳轻摇金塔影，斜阳暖照玉桥羞。最爱庆中秋。

## 忆江南·东荡荷乡

芙蓉翠，东荡永留光。碧叶浮云香韵远，红装撒网影身长。

致富美家乡。

王兆根

## 忆江南·生态走廊

扬州好，生态走廊娇。一水悠悠帆影过，百花簇簇蝶魂飘。春涌广陵潮。

王家政

## 忆江南·赞全国文明镇—沙头镇

沙头好，生态早闻名。淳朴民风环境美，人文荟萃五粮丰。和谐四时青。

沙头好，全国最文明。山静松声来小苑，夹江环境孕繁荣。风物倍芳馨。

方德福

## 忆江南·菱塘回族乡

菱塘好，鸭曲鹅歌扬。甓社珠光邮八景，清真美食宴中王。游醉美回乡。　　回乡好，闸蟹满湖塘。农产品丰全绿色，特优电缆出重洋。海市蜃楼光。

回乡好，古色古街香。“三自”“三和”开胜境，湖天新月韵流光。芳甸寿颐长。

孙广林

## 忆江南·革命老区郭村美

扬州好，近泰郭村荣。革命曾歌东进曲，“改开”又谱老区红。“双馆”展峥嵘。

## 忆江南·文化名镇邵伯

扬州好，邵伯仰甘棠。镇水铁犀神话美，溯文斗野古亭香。三闸引京杭。

孙少华

## 忆江南·赞瓜洲

瓜洲好，满目是风光。改造老街谋发展，更新古镇创辉煌。旧貌换新装。

瓜洲好，满目是风光。开拓伊娄兴古渡，振兴辖域赶仪扬。能不颂家乡。

瓜洲好，满目是风光。南北车行随取道，东西船运任其航。中转更繁忙。

瓜洲好，满目是风光。湿地园中观“木屋”，观音岛上看长江。顺便览机场。

瓜洲好，满目是风光。实小初高分校舍，幼儿成校不同窗。到处育才忙。

瓜洲好，满目是风光。大病统筹解后顾，寻医问药不心慌。免得犯愁肠。

瓜洲好，满目是风光。宅苑长街归物业，呆塘活水洁流长。垃圾也分箱。

瓜洲好，满目是风光。小吃传承“虎脚爪”，大餐特置“八鲜汤”。实惠众品尝。

瓜洲好，满目是风光。科技投资收硕果，平民创业富家乡。回报应担当。

瓜洲好，满目是风光。诗社《新潮》留古韵，骚人握笔记沧桑。谱写新篇章。

**石兆华**

# 忆江南·农家乐

农家乐，花木庆峥嵘。芦苇滩中千朵艳，玫瑰园内万株荣。大地舞春风。　　农家喜，往事历秋冬。改革花开歌盛世，丝绸之路忆先锋。科技出英雄。

叶达海

## 忆江南·扬州好

扬州好，特产久名扬。宝应荷花开并蒂，高邮鸭蛋孕双黄。谁说逊苏杭？

关水青

## 忆江南·邗江好

邗江好，卌载大沧桑。革故鼎新千幅画，图强奋发万辉煌。故事动船装。

邗江好，满目豁吟眸。昔日荒村皆矮屋，今朝大地尽高楼。千载梦初酬。

邗江好，幸福到农家。万户人家呈锦绣，千村别墅映朝霞。门外种鲜花。

邗江好，经济独巍峨。商贸店场如网织，高科企业似星河。一片创新歌。

邗江好，生态八方娇。植树种花开异境，治河排污造新桥。风景看今朝。

邗江好，文化大繁荣。村镇诗墙弘国粹，瓜洲歌会誉声隆。

儒雅倡新风。

邗江好，处处小游园。花木扶疏芳草径，球场体具健身拳。万众尽欢颜。

朱震庆

## 忆江南·乐水乐天娇

扬州好，河网水迨逌。三月烟花迎贵客，一川佳境醉渔樵。乐水乐天娇。

扬州好，万顷碧波扬。甓社珠光迎晓月，环湖大道颂甘棠。翰墨永留香。

李存山

## 忆江南·龙虬印象

龙虬富，物产最丰饶。罗氏沼虾餐美味，驰名玉兔酿香醪。华夏誉声高。

龙虬好，古地展新容。文博领先添特色，园区推进架长虹。诗韵绕苍穹。

## 李同义

# 忆江南·秦邮好

珠湖美，风起泛涟漪。起伏渔歌悠岸远，撒张渔网愿时祺。仓满月移西。

芳映阶，碧水绕溪幽。太虚读书遗址聚，曾祺展馆引朋稠。争睹古文游。

盂城驿，紧傍运河堤。梅寄春风劳信使，葭怀秋雨托骢骐。国宝世间奇？

## 李义桐

# 忆江南·古镇菱川

菱川好，古镇学先贤。改革国强凝力量，社昌民富笑酡颜。信念岂曾偏。

菱川雅，盛世乐开怀。诗社喜添新活力，同仁欢唱创型才。政府搭平台。

菱川美，寺庙展新猷。画栋朝云观佛塔，碧窗夜月照亭楼。放眼豁前眸。

李永定

## 忆江南·乡村美

乡村美，紫燕绕新房。后院白墙花木盛，前街红瓦蝶蜂忙。波碧鹭飞翔。

家乡好，公路镇村连。起舞公交花海里，欢歌机器鸟群边。童乐校车喧。

农家乐，相约在荷园。雨过荷中珠闪闪，风来菱上鹭翩翩。生态藕鱼鲜。

李正琴（女）

## 忆江南·荷塘即景

乡村访，最爱泛轻舟。荷上花开凌水漾，塘中鲤跃欲天游。惊起几沙鸥。

刘临桐

## 忆江南·赞真武

油乡好，真武屋藏娇。发展平衡新气旺，湖滨沃野鸟鱼遨。波绿水迢迢。　　油乡好，新建运河桥。产品经商连上海，资源北去到京郊。生活步登高。

## 忆江南·蒙套村健身场

公园好，男女健身场。草木芳菲垂柳荡，春和艳丽百花香。莺唱燕飞翔。　　公园好，老少乐登场。运动休闲勤锻炼，清晨漫步要加强。摇滚韵声扬。

刘昌永

## 忆江南·农家书屋

农家屋，翰墨亦飘香。满卷诗书藏满架，多台电脑靠晴窗。网海任徜徉。　　茶一碗，兴致进书房。赏阅群书添见识，轻击键码写文章。俺是读书郎。

许主军

## 忆江南·榆园美

榆园秀，培育老顽童。驽马犹堪千里跃，白头尚究百科通。意在笑谈中。

许荣干

## 忆江南·扬州好

扬州好，今日胜苏杭。碧水蓝天宜居地，琼楼净土美仙乡。羡煞外娘郎。

扬州好，最美白田春。柳浪莲房皆入画，莺歌蛙鼓总宜人。

全赖惠风熏。

为圆梦，宝应志高昂。东荡西湖千棹竞，北乡南集万驹骧。撸袖创辉煌。

农家女，忙煞美娇娘。千线寓情精品绣，万针达意誉声扬。中外广收藏。

注：宝应鲁垛镇系乱针绣之乡。

巾帼美，二妹女中魁。飒爽英姿称典范，娉婷威武竞须眉，慕煞月中闺。

**汤庆元**

## 忆江南·合玉村新貌

湖乡变，开拓向前方。逢水架桥通彼岸，随堤筑路顺沿江。阔步迈康庄。

**汤佑黎**

## 忆江南·方巷中心卫生院

医改好，医院貌全新。设备精良随透视，专家会诊确疴因。患者少呻吟。

张正祥

## 忆江南·真武好

真武好，地下涌波涛。铁铸工人身手显，石油滚滚月轮高。壮志上云霄。

真武好，湿地起春潮。鹅鸭成群虾蟹壮，渔光互补产能高。景色更妖娆。

真武好，农业又丰收。工业低能争首位，卫生教育获双优。诗教更风流。

张孝良

## 忆江南·家乡好

油乡好，绿野也芬芳。集镇小商推旺市，迎宾大道接康庄。骚友咏怀忙。

家乡好，热土出贤良。游子功成多善举，学童难解获安康。佳话暖心房。

龙虾火，古镇美名扬。 试看百舟行大运，“非遗”千载获荣光。 宾客醉甘棠。

张授桥

## 忆江南·家乡美

家乡美，美景是荷花。十里青莲如锦绣，五洲宾客赏丹霞。何必果园夸。

家乡美，美极在渔家。千亩鱼塘游鲤鲫，八方商贾购龙虾。致富喜无涯。

家乡美，美誉播天涯。三座长虹飞古运，百强企业耀中华。宝胜笑开花。

张耀华

## 忆江南·合玉村

村部好，领导任操劳。管理经营农场办，筹谋项目壮图描。前景更妖娆。

陈立新

## 忆江南·乡村好

霜雪尽，黎庶颂中央。忧患清除歌旭日，工农奋力绣城乡。华夏展辉煌。　　乡村好，茅屋换楼房。路网车驰千户达，电波传递万家扬。民富上康庄。

沈虎臣

## 忆江南·赞新农村

家乡好，春色够销魂。两岸桃花红艳艳，芦柴荡里鸟鸣琴。人语绿杨村。

家乡好，旭日映隋堤。十里菱荷香扑扑，几家罾簖隔河溪。长忆木桥稀。

家乡好，明月照鱼塘。稻海棉山层叠叠，持螯把酒庆重阳。谁不爱农庄。

家乡好，四九酷寒天。出外打工忙碌碌，理财结账取存钱。备货过新年。

杨德春

## 忆江南·家乡好

宝胜好，电缆质优高。工艺精良扬异域，科研技美赶超标。中外博名娇。

天平好，古镇确多娇。西荡东墩香四野，春蛙夏鳖戏双螯。美景胜如皋。

獐狮好，风景赛江南。月色荷塘鸬戏恋，绮楼异彩映青天。

仙女携花篮。

春节好，岁宴酒醇香。万户更兴除旧貌，普天同庆换新装。遍地建康庄。

**杨彩春**

## 忆江南·菱川好

菱川好，泽国写华章。片片池鱼嬉戏水，村村花海竞飞香。谁不爱家乡。

**周永久**

## 忆江南·引潮河公园

潮河美，携侣坐亭旁。波上彩霞如舞蹈，云边玉树似翱翔。心里好甜香。　　潮河美，信步板桥长。水面新荷铺百米，岸边老竹列千行。生态好风光。

## 忆江南·方巷颂

方巷好，生态独情钟。燕舞莺歌芳满地，流清水碧绿长空。旧貌换新容。

方巷好，公路满村通。别墅温馨停宝马，农家殷实醉诗翁。致富最光荣。

方巷好，工业势恢弘。林立厂房机器响，远销亚美笑声浓。

效益上高峰。

方巷好，全镇学雷锋。带去温情融困苦，捎来满意在心胸。奉献不图功。



周秀珍（女）



## 忆江南·安宜好

安宜好，朱子有家风。除恶惩奸修水利，为民务实注情浓。进士几人同。

长河水，古运展新颜。飞架四桥车快速，开通两岸地相连。幸福众民甜。　　林荫道，举目望东边。城碟青砖临绿树，泰山金殿翘红檐。敬仰众先贤。

周富成

## 忆江南·杨庙好

杨庙早，起始至元朝。敬一勤廉殉职守，乡亲感恸祀功劳。世代口碑高。

杨庙巧，古陆蜀冈腰。形似哑铃瞻北斗，势如锁钥扼西郊。小镇竞妖娆。

杨庙俏，僻壤变城标。广被丘陵栖凤地，宜居庭墅鸟萦梢。河畔酒旗飘。

杨庙好，百姓乐逍遥。环保园区芳草绿，交通枢纽陌阡迢。时代领风骚。

**金文澄**

## 忆江南·湖村吟

湖村好，好在领头人。规划未来研项目，筹谋发展振精神。凡事务求真。

湖村美，村落有公园。广场时髦群起舞，小亭潇洒伴琴弦。朝夕共陶然。

湖村富，户户住楼房。气灶冰箱依软椅，空调电视躺舒床。何惧雪和霜。

湖村梦，生态建长廊。郊北拓荒兴水镇，湖西桥架接空航。宜创小天堂。

**房国宽**

## 忆江南·新农村

新农合，惠众好良方。小恙报销除隐患，大医住院免灾殃。无虑保安康。

房恭聚

## 忆江南·沿湖美

沿湖美，风景绕庄园。湖畔徜徉长柳岸，楼旁仿佛小桃源。游客任流连。

房　震

## 忆江南·纵棹园

怡情景，垂柳送来宾。鸟语花香幽雅境，青山绿水剪松筠。八宝喜迎春。

赵廷喜

## 忆江南·宝应剪影

风光带，漫步运河堤。两岸云烟笼翠柳，往来舟楫沐晨曦。亭阁展新姿。

姚佩伦

## 忆江南·村路美

村路美，圆梦绕村行。百转千回驰沃野，芳丛绿树闻鸟鸣。一路忆乡情。

俞永乐

## 忆江南·珠湖美

珠湖美，淑女自然芳。雪浪千重鱼梦境，水波万顷鸟天堂。翠柳岸成行。

珠湖秀，浩荡野茫茫。波上鹊桥飞架渡，浪中洪闸导流忙。云水巧梳妆。

珠湖靓，鱼米稻花香。麻鸭红菱芦苇荡，渔帆唐塔绿村庄。百里画廊藏。

珠湖爽，跑道绕湖长。一路林荫随步走，两边船舶伴君航。群鸟任飞翔。

洪茂喜

## 忆江南·扬州好

扬州好，环保列前沿。碧水绕城生态美，绿荫街市草新鲜。香郁满家园。

郭志耘

## 忆江南·沿湖大道

沿湖美，正值百花妍。一路春光车似水，两旁风景树成园。

村落赛桃源。

郭金标

## 忆江南·渔乡富

盂城富，湖泊育河豚。鳖扁蟹圆龟有壳，鳝长鳅短鳜无鳞。水族利扶贫。

施国美

## 忆江南·乡村美

乡村美，万顷尽青苍。劣种淘除良种换，黄牛退役铁牛忙。岁岁谷盈仓。

相玉继

## 忆江南·荷乡好

荷乡好，宝地美多娇。射水温泉传四海，冲林荷藕映重霄。风景笔难描。

## 忆江南·温泉美

温泉美，芦苇驻西施。三月钱沟黄荡秀，四时蒋堡廖渔宜。水陆两相怡。

顾林泉

## 忆江南·白塔河度假庄园

庄园美，鲜艳满墙开。名取花痴多浪漫，葩生壁缝独心裁。谁个不惊呆。

庄园美，绿岛胜蓬莱。秋韵鸟歌心上悦，诗情画意水中栽。钓杆荡情怀。

夏瑞辰（女）

## 忆江南·退田还湖

西湖美，生态赞文明。飞鸟野凫寻乐土，游鱼肥蟹恋芦城。秋雁最关情。

## 忆江南·农村新貌

农家乐，岁岁庆丰收。国税免除钱物富，天灾远去稻粱稠。户户喜心头。

夏邦清

## 忆江南·赞美合玉村

湖西美，村落百楼齐。花艳庭前蜂蝶舞，树蓁院后雀莺啼。更慕藕莲池。

**陶百川**

## 忆江南·湖乡秋景

长天阔，水鸟舞翩跹。遍地软尘浮影跃，满田翠盖露珠圆。绘得版图妍。

## 忆江南·漫步玫瑰园

千墩变，荒草绣花枝。露冷村夫林苑绘，风寒科改动秋思。此景胜东篱。

**陶念峰**

## 忆江南·游宝应荷园

荷园美，东荡尽朝晖。绿叶红花诗意惹，青莲白藕物情飞。游客乐忘归。

**莫文志**

## 忆江南·古邗沟

邗沟美，百舸运输忙。一水贯通千里畅，两堤坚固万年航。装点古维扬。

邗沟秀，两岸换新装。河运年年花样变，游人日日笑声扬。景不逊苏杭。

徐润群

## 忆江南·江都好

江都好，畜牧旺粮棉。腊鼓声声甜酒熟，水乡网网鳜鱼欢。虾蟹胜羊鲜。

江都好，锦绣可知艰？素手清晨分绿野，披衣半夜伺春蚕。吐哺暖人间。

江都好，碧水意潺潺。十里繁花飞蝶舞，四时春色染人间。卉木自清妍。

江都好，三水汇京津。千里江波流日夜，几番雨露浥沙尘。朗润北方春。

徐坤庆

## 忆江南·赞曹桥村

曹桥好，景色自然娇。“互补渔光”成一景，农田水产夺高标。谁不赞曹桥。　　曹桥好，产值逐年高。人寿年丰钱鼓袋，鱼翔虾蹦鸭喧嘈。励志弄春潮。

徐永芙

## 忆江南·天平美

天平美，十里藕花香。西荡波摇镶玉翠，东墩柳曳舞霓裳。人住彩云乡。

天平美，古镇换新装。楼宇凌空车拥挤，弦歌悦耳曲高昂。民富乐安康。

天平美，鱼米盛名扬。藕嫩蟹肥民富裕，山清水秀业辉煌。工企赶苏杭。

天平美，展翅任翱翔。人杰地灵逢盛世，物华天宝迓春光。谁不爱家乡。

徐秀明（女）

## 忆江南·鱼乡美

鱼乡美，射水景多娇。万顷荷花香四野，千罾河鲚跃双鳌。靓点笔难描。

徐鹏光

## 忆江南·维扬好

天然美，花海漫芬芳。八岛七河歌鼎盛，三环十纵载康庄。

集凤竞翱翔。

高国华

## 忆江南·珠湖美

珠湖美，霞映水连天。明月一轮盘似镜，渔灯千盏影如圈。卧听夜蛙喧。

珠湖美，三尺浪花飞。极目清波舟卷雪，遥天红影月吞晖。堤岸尽芳菲。

珠湖美，浪击小舟掀。水碧鱼虾鹅鸭壮，荷清莲藕叶枝翩。渔父笑声喧。

珠湖美，佳话古今传。甓社珠光牵碧月，长湖雪浪倚红莲。一水载晴天。

珠湖美，嵌景醉心扉。戏鸟闹湖清水点，轻舟追梦赤霞辉。楼市影重归。

崔成鹏

## 忆江南·渔村醉

湖村览，富丽打渔庄。昔日扁舟风浪险，今朝别墅画诗芳。琼宇列成行。　　骚客赞，景色醉心房。浩渺烟波浮潋滟，澄鲜霞彩耀辉煌。靓境绘华章。

龚为豪

## 忆江南·星北湖

春已尽，绿水点荷斜。桥上停车瞭远目，湖边垂柳逐飞花。细雨润千家。　　东山月，归雁落平沙。休忆韶华思故地，且将余岁赋残霞。随意乐天涯。

## 忆江南·沙洼果园

沙去也，处处果香甜。绿柳随风凝垄上，红花裹露湿园田。家在雨花眠。

花果去，一日变三迁。休对故人思故里，且看新宇接新天。开发有长篇。

曹永森

## 忆江南·方巷沿湖村七重曲

渔村美，四季俱清佳。消夏柳林风拂雨，冶春桃径蝶穿花。更喜月笼沙。

渔村忆，船首话凄凉。四十年前秋雨冷，三千里外夏粮荒。漂泊盼回乡。

渔村笑，上岸筑新居。播雨耕云鸡鸭旺，追风步月虾蟹腴。村郭暖风徐。

渔村富，别墅隐田畴。瑞气盈门铺锦绣，祥光满目展风流。花月也含羞。

渔村醉，鱼宴在船头。壶内新茶香八座，盘中老蟹肥三秋。小酒兴悠悠。

渔村乐，游客舞蹁跹。我唱荷摇三径秀，你吟雨染一湖烟。能不尽欢颜？

渔村赞，端是景新妍。户户同歌宏业梦，人人齐唱小康篇。莫负艳阳天！

谢炳荣

## 忆江南·家乡美

家乡美，碧水灌良田。户户楼台如市井，村村花树似公园。全面小康甜。

谢良喜

## 忆江南·珠湖采风

珠湖胜，日落满川金。汽艇归时渔父乐，野鸥飞处暮云深。能不动诗襟？

童兆明

## 忆江南·乡镇好

乡镇好，好景在农家。昔日草房种田汉，今朝楼上学栽花。花映面如霞。

乡镇美，最美是村姑。日出上班工厂去，飙车长发映霞舒。小曲荡沿途。

乡镇乐，新建夹江桥。昔日木舟摇摆渡，今朝钢架卧洪涛。来往乐逍遥。

景文川

## 忆江南·枣林湾美景

丛林萃，芍药最多娇。高岳风来添紫气，长江浪拍翠枝条。胜景好逍遥。

村镇丽，园景美名豪。建设宏图精巧绘，富民计划不辞劳。游客乐陶陶。

霞光照，家境勿心焦。湖上网收红鲤跃，田间种出水桃摇。生活像蜜巢。

天时转，前景乐如醪。民众高歌华夏梦，江河吹起小康箫。

山野展新潮。

## 鞠永斌

# 忆江南·仪征赞

仪征美，奇美枣林湾。芍药山花红胜火，平湖春水绿如蓝。能不梦魂牵？

仪征忆，最忆大铜山。翠柏青峰春色媚，和风细雨万家甜。老少喜开颜。

# 民生之福

# 民生之福




丁兆松

## 忆江南·扬城美

扬城美，诗画喻真容。荟萃人文传后胤，钟灵毓秀泽民公。无不令人崇。　　人居奖，国际授殊荣。仙女散花添锦绣，扬城播誉露芙蓉。乐在我心中。

王广权

## 忆江南·三头宴

三头宴，美味是佳肴。猪脸鱼头圆子大，三丁青菜蟹黄包。鲜透胜羊羔。

## 忆江南·宜居美

宜居美，生态景多娇。树大成排多艳草，园林秀美鲜花飘。生活乐陶陶。

王　静

## 忆江南·扬州美食

扬州味，食客最来神。尝遍东关来望月，吃完玄武到迎宾。明日去麒麟。

王惠侬

## 忆江南·退休乐

诗词乐，学习探求忙。平仄起波音悦美，和声开节韵悠长。桑梓颂辉煌。

乒乓乐，搓吊挡抽冲。攻守输赢常有事，是非成败转头空。康健夕阳红。

钢琴乐，黑白度光阴。师长传经言技法，学生开悟用初心。旋律有佳音。

天伦乐，嘈闹扯衣襟。摇鼓炫花三代笑，含饴生趣八方寻。劳累笑吟吟。

孙　成

## 忆江南·生活好

生活好，通讯叹神奇。昔日书笺传眷念，今朝微信抒相思。求爱瞬间知。

孙声如

## 忆江南·好家风

扬州美，劳动最光荣。勤俭持家人敬重，清廉爱国众推崇。

点赞好家风。

石志洪

## 忆江南·民居美

私家宅，四季一园涵。奇石掇峰峰俊秀，长楼抱景景奇巉。六角小亭瞻。　　居无竹，食肉不知甘。春雨抚篁坚劲出，秋风吹竹节操含。个字用心探。

朱正山

## 忆江南·幸福数今朝

扬州好，幸福数今朝。一代风流“好事近”，古今辉映“念奴娇”。重谱玉人箫。

朱士举

## 忆江南·小区新貌

庭院美，风景四时佳。枝鸟啁啾夸好梦，楼台含笑赏香花。岁月乐无涯。　　邻里好，守望我您他。互助互帮同福祉，相亲相近共荣华。老少乐哈哈。

## 李国顺

### 忆江南·公园好

环境好，携伴逛公园。养性休闲亭榭美，健身活动设施全。安享太平年。

## 李清铣

### 忆江南·衣食住行

扬州好，百姓说真言。衣食住行均改善，腾飞经济史无前。美梦喜连篇。

### 忆江南·快乐寿天年

扬州好，耆老事为先。颐养社区三结合，全能服务把情牵。快乐寿天年。

## 李昌先

### 忆江南·夜幕醉心田

扬州好，夜幕醉心田。霓柳翩跹飞智谷，琼楼霞舞耀新园。异彩胜珠帘。

刘红梅（女）

## 忆江南·宋夹城

双门靓，圆梦播文明。设水堆山求福祉，强身健体保康宁。最美属扬城。

刘存南

## 忆江南·久住最宜人

扬州好，久住最宜人。碧水蓝天多秀色，春花绿树少纤尘。乘早结芳邻。

扬州好，处处广场宽。泻玉喷珠云气润，明灯耀眼月光寒。老者笑颜看。

许　莉（女）

## 忆江南·宋夹城体育公园

扬州好，场馆一奇葩。虎跃龙腾喧闹地，心愉身健众娇娃。致本有新家。

闵永军

## 忆江南·扬州美

扬州美，纵览景难收。两岸烟花迷贾客，万家杨柳入平畴。白塔韵悠悠。

扬州美，碧水绕城流。典雅公园欢笑语，壮观广场尽情讴。我在画中游。

扬州美，处处鲜花开。绿浪绵绵千亩秀，红霞烁烁万朋来。快乐步瑶台。

扬州美，妙景美无边。旧舍生辉除旧貌，新居绚丽贺新迁。欢迎笑声甜。

练庆海

## 忆江南·扬州好

扬州好，绿柳缀新春。三月烟花流古韵，二分明月伴佳人。何日再逢君。

扬州好，骑鹤任回眸。春水如蓝天入画，白云为絮镜中舟。谁把此春留？

扬州好，椽笔绘华章。宜旅宜居皆锦绣，城中城外共芬芳。

玉女舞霓裳。

吴金龙

## 忆江南·风月赛姑苏

扬州好，环境最宜居。新市古城多景点，七河八岛共江湖。风月赛姑苏。

扬州好，实事看今朝。翁妪公园歌伴舞，青年岸畔自由操。民众乐陶陶。

吴进荣

## 忆江南·古运河夜色

金鳞碎，兰棹趁清风。琼阁霓光留倒影，虹桥姿色接长空。云气紫都中。　　天籁韵，水岸复相逢。纤指轻挥随曲雅，翠鬟频起驻青瞳。沉醉一耆翁。

凭栏望，冰魄碧空悬。沉入河中留玉璧，飘来杯里化银钿。香气自飞旋。　　佳友至，对月笑声连。黄发轻吟翻蝶梦，稚童重仿化莺言。愉悦即神仙。

吴有定

## 忆江南·老年大学

扬州好，翁妪发鬓银。云淡风轻诗世界，花开花落笔耕耘。

幸福夕阳情。





吴学广

## 忆江南·扬州好

扬州好，菜系数维扬。精致佳肴登国宴，著名炒饭上厅堂。谁不想先尝？

扬州好，铁路愿今偿。高速环城行宝马，大桥飞跨过长江。金凤正飞翔。

扬州好，无处不公园。香草绿荫三万亩，亭台楼阁九千椽。鹂鸟唱蓝天。

扬州好，最美瘦西湖。云栈双峰流直泻，名桥廿四水中凫。妙境若瑶图。

扬州好，都汇大花园。昔日垃圾堆满地，今天绿树绕青山。花木集齐全。

扬州好，创意靓三湾。桥架运河成剪影，水流湿地起微澜。游客尽欢颜。

吴守立

## 忆江南·踏春行

邀诗友，联袂踏春行。叠石流淙龙戏水，丛林染翠鸟和鸣。漫步更怡情。

吴献中

## 忆江南·诗意度春秋

扬州慢，诗意度春秋。晨步操拳歌漫舞，暮球沐足网云游。小酒老鹅头。　　闲生活，逸当便清悠。未雨疏通街有道，趁阳补漏屋无忧。万事预消愁。

张　慰

## 忆江南·百姓赞安康

维扬好，岁月享芬芳。绿柳拂肩催奋进，红花铺地赏春光。百姓赞安康。

时光短，四十暑寒年。车水马龙盈小轿，楼堂馆所聚神仙。又见艳阳天。

文昌阁，放眼望群楼。绿树丛中尝美酒，红花院里放歌喉。知足乐悠悠。

扬州美，傍晚月东升。回教馆前闻卤味，大明寺内响钟声。情趣自然生。

扬州炫，红日映轩窗。博物馆前留倩影，瘦西湖畔沐阳光。阔步向前方。

湖光秀，游客出船舱。歌赋诗词书壮志，笙箫管笛唱家乡。奉献靠担当。

**张红霞（女）**

## 忆江南·心欲久居留

扬州好，美食尽佳肴。特色东关防栉比，琳琅满目价廉招。乐坏众同胞。

扬州美，风景古今优。清澈蓝天真气爽，美观绿地任周游。心欲久居留。

扬州好，最赞个园佳。日照垒山云彩醉，风吹竹叶月弦花。怎不让人夸。

**张忆群（女）**

## 忆江南·谦让透风骚

扬州好。最爱是公交。八达四通车似鲫，南来北往客如潮。谦让透风骚。

## 忆江南·谈笑在芳丛

扬州好，家住百园中。幽径风泉听绿竹，亭廊楼阁面青松。栀白衬榴红。　烟雨过，碧水串西东。明月湖光鱼戏影，蜀峰山色凤栖桐。谈笑在芳丛。

**张贞忠**

## 忆江南·扬州十咏叹

星物换，迎得岁华新。卌载和风吹骀荡，四时甘雨洒缤纷。喜庆广陵春。

民力富，经始绿杨城。道路宽平莺燕闹，楼台伟丽草花荣。水碧气清明。

行万里，八骏亦何奇。隔水锁江铺铁路，冲天画线搭飞机。四海纵奔驰。

君且听，一曲慢扬州。场上大妈舒广袖，桥边亚叔展歌喉。盛世老悠悠。

都说道，淮左最宜居。城市安宁风气好，食衣丰足肺心舒。谁不乐吾庐。

王风被，戛戛重诗骚。始见绿杨开大路，还看邗渎架虹桥。余绪溉童髦。

天下治，洛邑构名园。栖凤玉龙居燕燕，梦溪涵碧谷盘盘。真赏压神仙。

斑白者，负戴不行途。今更纵横穿郡县，谁曾上下费锱铢。残孕爱轲舆。

明炳烛，师旷说其君。石塔登堂银发友，虹桥鼓瑟老年群。矻矻渴求真。

教无类，门外最伤情。岂独红花花特盛，更兼绿叶叶非零。洙泗乐公平！

**张元良**

## 忆江南·扬州好

扬州好，盛世建高楼。旧苑老街书里写，新城佳景画中游。环保宅居优！

扬州好，自古秀文章。重教尊师承合唱，栽桃培李吐芬芳。圆梦树人堂。

**陈广山**

## 忆江南·赞扬州

扬州好，风卷大江潮。革故铺平强富路，放开造就美高桥。民众乐陶陶。

扬州好，宜住世人夸。绿水莺歌花绽秀，琼楼玉宇映红霞。笑语满天涯。

迟松生

## 忆江南·老年大学好

翁姑俏，晚景更辉煌。丝竹弦弹香火调，镜头瞄准艳荷塘。泼墨绘诗乡。

苏岚烟

## 忆江南·犹恋富春包

扬州好，犹恋富春包。座上惊奇尝美味，席间叹息品佳肴。言笑到眉梢。

杨志才

## 忆江南·能不颂安康

扬州好，旧貌换新装。杂乱无章蓬户屋，井然有序景观房。无处不阳光。

扬州好，阔步跨长江。悬索轻轻车马过，斜拉静静汽船航。携手沪苏杭。

扬州好，步道遍城乡。日出山花红影密，晨来湖水乐声扬。能不颂安康。

扬州好，古巷沐霞光。修旧一新盘谷美，别开生面富春芳。文化是金藏。

扬州好，学子读书忙。勇冠三军行独木，不教一马失疆场。才俊出维扬。

扬州好，康养业开张。活血舒筋泉水浴，赏心悦目稻花香。百岁有良方。

杨国华

## 忆江南·新居

阳春艳，紫燕逗黄莺。爱驻扬城栖福地，心仪荟景结芳邻。梦里笑频频。　　阳春艳，柳绿映花明。咫岸鱼群翔水底，高楼林列住天庭。和美溢芳馨。

尚国祥

## 忆江南·扬州美

西湖瘦，曲水更光鲜。垂柳风云流瑞气，浮台亭阁起岚烟。游客若神仙。

船娘美，倩影展风华。愉快歌声甜似蜜，怡情笑靥靓如花。怎不让人夸。

家园乐，今昔两重天。经济走高皆出采，民生改善尽开颜。

盛世太平年。

新区靓，巨变老家园。大道通衢花木秀，高楼栉比彩虹斓。梦境在人间。

诗乡乐，处处有诗情。信步骚坛闻韵味，倘佯诗苑听哦声。雅趣伴行程。

周启泉

## 忆江南·扬州忆

扬州美，西郡鸟声稠。昔日残阳侵古道，今朝苍翠接高楼。风物尽凝眸。

扬州媚，最媚柳湖边。紫燕斜飞红杏雨，虹桥横卧绿波烟。水墨入珠帘。

扬州梦，老树似从前。魂梦相牵三十载，同窗共读一生缘。重聚是何年?

周圣陶

## 忆江南·扬州六咏

天晴爽，大地乐悠悠。丝路奔波通里海，春潮涌动弄邗沟。能不赞扬州。

舌尖美，亘古有维扬。朝美签约留画影，扬州炒饭总飘香。圆桌诉衷肠。

人文雅，骚客谱春秋。湖瘦鱼肥扬四海，诗多曲少咏邗沟。格调更风流。

扬州好，自古独风流。南北舟车连挚友，东西高铁会龙头。潇洒一回眸。

扬州美，天下赞琼花。玉鼎丝绸存海角，亭清湖瘦享天涯。盛世更风华。

扬州俏，入画似明珠，五座莲亭灯火灿，二分明月誉苏吴。美煞瘦西湖。

**房恭郁**

## 忆江南·天年乐

天年乐，衣食最无忧。练步强身常运动，读书阅报任文游。挥笔写春秋。

**罗方妮（女）**

## 忆江南·扬州巧

扬州巧，柳绿胜枫红。剪影从头先美丽，刀锋吻足后轻松。工匠亦英雄。

赵家驹

## 忆江南·宜居

居家乐，环境让人安。尊老社区常问候，困难政府想千般。何不放心欢！

赵崇华

## 忆江南·扬州好

扬州好，环境称一流。一路烟花一路景，半城园景半城楼。国际赞居优。

扬州好，清秀丽人姣。尊长侍亲传孝道，助人行善胜贤僚。人美品行高。

姜春梅（女）

## 忆江南·周楼学府花园

江都好，学府有花园。健将闲人无隔断，灯光平地一围栏。跑道绕三圈。

姜　炎

## 忆江南·扬州好

扬州好，百姓富安康。屋后修篁摇倩影，窗前茉莉吐芳香。能不赞维扬？

洪宝圣

## 忆江南·扬州好

扬州好，自古即繁华。美食游玩堪快乐，休闲娱乐特心花。乐享富民姱。

## 忆江南·城市花园

扬州好，环境美而妍。空气清新河水碧，繁花锦绣鸟鸥翩。城市似花园。

施国美

## 忆江南·扬州好

扬州好，美丽更宜居。碧水桥横鱼钓乐，健身弯道客行舒。按键摄芙蕖。

胡纯东

## 忆江南·谁不爱扬州

扬州好，黎庶旧多忧。卌载辛勤齐努力，如今诸事少烦愁。谁不说扬州。

扬州好，扬菜大名悠。几度繁华人荟萃，基因含自越三洲。谁不赞扬州。

扬州好，自古绿杨优。绿色如今城底色，宜居宜养更宜游。谁不羡扬州。

扬州好，小苑景观稠。旧苑新修精品美，新园身健设施优。谁不爱扬州。

秦玉林

## 忆江南·口袋公园

群楼侧，百步小公园。晨起欣听枝上鸟，晚来闲赋阁中联。幽静柳飞绵。

## 忆江南·音乐厅市民开放日

开放日，音乐梦飞翔。古曲悠扬沙落雁，新声奔放地栽杨。沉醉共鸣长。

秦玉玲（女）

## 忆江南·扬州民生五味

常相忆，酣半味尤长。玉缕软白甘露佐，狮头细嫩桂浆偿。过瘾恋维扬！

着装俏，时尚美维扬。靓丽雍容仪妩媚，清新俊逸气轩昂。陶醉客难忘。

宜居地，仙境画中藏。绿树成荫楼宇秀，繁花似锦院庭芳。入梦睡酣香。

交通好，便利数维扬。铁轨相连驰四海，航空贯串越边疆。世界任翱翔。

添雅趣，不负好时光。戏剧观完游景点，评书赏罢去歌房。能不恋维扬。

袁志尧

## 忆江南·睦里千户好

风和畅，一郡遍相同。睦里存仁千户好，市民相爱八衢融。新貌赞无穷。

凌 露

## 忆江南·扬州乐

扬州乐，最乐是宜居。两室一厅经济屋，一家三代适安庐。互助好邻居。　　分劳逸，奋力又欢娱。贯注全神登岗位，轻松闲逸逛街衢。不忘读贤书。

寻口福，美食数扬州。包饺馅多风味异，干丝绵软汁鲜稠。未吃口涎流。　　中餐乐，小酒备一瓯。米饭狮头加小炒，鲫鱼春笋炖蛸蛑。老少乐悠悠！

夏跃年

## 忆江南·扬州好

扬州好，好极是餐肴。蒸饺干丝元宝肉，趴蹄烧卖桂花糕。尝后乐陶陶。

## 忆江南·家系是安心

扬州好，幽静似园林，燕剪柳丝栖塔远，莺啼桃瓣月观深。家系是安心。

夏瑞辰（女）

## 忆江南·乔迁喜

乔迁喜，窄屋换新楼。绿树鲜花环境美，粉墙黛瓦鸟声柔。

岁月畅悠悠。



高惠年

## 忆江南·改革沐春风

扬州好，改革沐春风。吹拂广陵云锦地，宜居环境乐宾朋。寰宇共推崇。

扬州好，茶肆筑西园。荷动鱼游诗画境，红楼绿柳客流连。小吃味尤鲜。

扬州好，遍布小公园。燕舞莺歌成福地，山房水阁互争妍。仙境落人间。

钱锦华

## 忆江南·广厦乐宜居

登高望，广厦乐宜居。绿影花繁兴世景，江河云上变通途。革故绘宏图。

唐存芳

## 忆江南·扬州人厚道

人厚道，忠恳又柔情。遇问必回心细致，立时解答客安宁。宾主笑盈盈。

崔成鹏

## 忆江南·公园美

新风景，名胜古城藏。十里春风千载话，二分明月四时装。独秀不夸张。

新去处，咫尺进公园。兰苑社区花似景，绿杨城郭柳如烟。舞动乐无边。

屠　淮

## 忆江南·宜居好

宜居好，奖字映蓝天。改革弄潮民兴奋，市场开放绘佳篇。遍地百花鲜。

## 忆江南·维扬好

维扬好，灯火耀长空。城市高楼千丈起，农村美食四时丰。璀璨舞东风。

曹锡恩

## 忆江南·家父乐

家父乐，生活似神仙。手里有钱愁用处，乡间见识喜城迁。日暮沐霞天。

梅庆先

## 忆江南·新生活

观街市，消费也疯狂。买卖频频人气旺，财源滚滚客流长。餐馆更加忙。　　观街市，满目尽琳琅。手攥千金挑档次，腰缠万贯也寻常。刷卡出商场。

## 忆江南·新行业

新行业，快递引新潮。网购互联兴产业，市场经济扎根牢。致富路千条。　　新行业，外卖挺时髦。配送临门尝美味，居家享受品佳肴。惬意免辛劳。

蒋成忠

## 忆江南·迎亲

扬州美，一路看娉婷。宝马香车三市过，倩男靓女六街行。缔约结欢盟。

## 忆江南·慢生活

邗城好，生活得相宜。早上茶楼皮裹水，晚间浴室水包皮。养老最心仪。

蒋兴国

## 忆江南·淮扬菜

淮扬菜，香色味皆全。大煮干丝香满口，三丁包子味弥鲜。初嚼已垂涎。

童金吾

## 忆江南·乔迁

扬州好，居所大乔迁。昔日平房偏巷内，今朝高屋耸云间。能不喜心田。

## 忆江南·城市花园

扬州好，翠树遍河山。生态公园花怒放，沿湖林地草绵延。风景胜千年。

程小平

## 忆江南·扬州美食

扬州好，绝味巧厨庖。美馔红楼开饮宴，珍馐茶社吮汤包。宾至品佳肴。

**焦治稼**

## 忆江南·休闲公园

扬州好，新建景观姣。体锻强身佳去处，休闲漫步乐逍遥。心悦把琴敲。

**傅仁杰**

## 忆江南·方巷好

方巷好，城市后花园。邵伯湖清波万顷，焦循学术授千年。春意漾心田。

**潘步云**

## 忆江南·家园美

家园美，改革富黎民。人健岁丰祥气藕，居宜业旺淑风萦。厚土自钟灵。

**霍玉田**

## 忆江南·喜获人居奖

齐开放，美景使人欢。蜀岗山花殷似血，西湖春水绿如蓝。获奖尽开颜。

薛中理

## 忆江南·庄园美

庄园美，靓丽梦魂牵。百鸟鱼虫歌唱和，千花烟草舞翩跹。沃土碧云天。

# 百態之谐

# 百 态 之 谐



**王广权**

## 忆江南·油田好

油田好，地下藏油娇。七五原油忙钻探，丙申煤炭不南调。油气助燃烧。

**王惠芬（女）**

## 忆江南·油田美

油田美，会战涌春潮。管线纵横蛛网密，钻机耸立半天高。油海浪滔滔。

**王文才**

## 忆江南·廉政好

廉政好，公仆爱人民。两袖清风扬正气，一尘不染葆冰心。天宝物华新。

**石才明**

## 忆江南·工匠好

工匠涌，各业出人才。技术潜能逢大赛，扬州高手建功来。中国夺金牌。　　精制造，现代大师裁。树立标杆提质量，细工新艺献情怀。竞技百花开。

孙凯歌

## 忆江南·扬州好

扬州好，寻梦在南池。杨柳飘摇风景美，琴筝操抚正当时。行乐不嫌迟。

扬州好，漫步瘦西湖，廿四桥边谈李杜，谷林堂上忆欧苏。池里锦鱼凫。

扬州好，游逛最东关。千载运河漕运道，百年老店馔肴鲜。君请自留连。

朱士举

## 忆江南·鉴真马拉松赛

春潮涌，鼓角共声声。一响邗沟开赛事，八方猛士勇争锋。胜景竞纷呈。　　看盛况，心绪总难平。快意忘形奚用问，前途无量令牵萦。天意眷扬城。

朱兆鹤

## 忆江南·治水出奇兵

扬州好，治水出奇兵。排涝泄洪操胜券，降龙伏虎挽长缨。禹甸踏歌行。

朱福炷

## 忆江南·鸟雀伴人亲

扬州好，随处播温馨。照影清波情切切，牵裳碧树意般般。鸟雀伴人亲。

李玉强

## 忆江南·南水北调

扬州好，北调话源头。滟滟清波江汉涌，汤汤沧浪首都流。绿水解民愁。

## 忆江南·盛世汇英雄

扬州好，盛世汇英雄。舟宴烟花三月友，园流竹石四时风。花月夜融融。

李志英（女）

## 忆江南·礼赞老年大学

榆园美，书画墨香牵。嘹亮歌声扬宝地，轻柔舞步伴丝弦。雅韵赋诗篇。

刘修平

## 忆江南·万福桥即兴

春光好，游客竞登台。滚滚轻车桥上过，滔滔淮水闸中来。桥下万花开。

新桥美，人在画中游。八岛清风吹绿水，七河明月照红楼。灯火唱渔舟。

碑前泣，国耻泪双流。万福桥头悲万世，廖家沟畔恨千秋。何处觅吴钩？

郭金标

## 忆江南·荷乡好

荷为贵，洁水育芬芳。四夏开花花放艳，三秋结果果生香。改革创辉煌。　　荷蟹媚，国颁状元乡。可口佳肴全藕宴，清心美味百莲汤。臻品赴西洋。

## 忆江南·油乡旺

真武旺，万吨炼油炉。名企光辉夸邵伯，儒商伟绩赞明珠。百业兴江都。

## 忆江南·花乡丽

烟花醉，三月下扬州。芍药牡丹留盛誉，海棠茉莉显风流。

圆梦富千秋。

胡纯东

## 忆江南·扬州好

扬州好，排水管通流。暴雨常临城不涝，底楼民众不烦忧。谁不慕扬州。

徐润群

## 忆江南·扬州好

扬州好，柳绿雨中来。一抹湖光钟颖秀，数峰山色毓雄才。逸韵胜秦淮。

徐 彪

## 忆江南·扬州柳

扬州柳，最喜拂堤前。大运河边迎远客，瘦西湖畔接兰船。总是带欢颜。

徐鹏光

## 忆江南·真州龙山公园龙女松

龙家女，不恋水晶宫。佳偶天成天亦妒，高堂父怒父难容。至爱合为松。　　心相印，热吻伴秋冬。羡树犹能情比翼，遇人但愿誓由衷。花谢太匆匆。

## 徐　乐

# 忆江南·扬州好

扬州好，芍药醉魂销。金蕊娉婷争玉立，晴风荡漾任勾描。馥郁暗香飘。

## 徐云峰

# 忆江南·扬州六咏

扬州好，烟雨藕香桥。古寺禅音连画舫，清波荷色映新桃。湖瘦玉人娇。

扬州好，二十四桥箫。泊岸春台琴瑟软，落帆秋月晚亭遥。栏外起轻涛。

扬州好，高塔展云霄。北麓松涛添暮鼓，西湖烟雨并春潮。舟泊大虹桥。

扬州好，处处倚兰桥。花草成园松竹笑，烟霞埋径水云漂。莲月挂良宵。

扬州好，独爱五亭桥。倚月清波山寺近，停云孤塔柳风遥。飞鹤入云霄。

扬州好，醉倚月明桥。点点花香浮似梦，条条云路快如蛟。

山水看今朝。

秦玉林

## 忆江南·鉴真大道

松冈上，大道喜徜徉。烂漫樱花连碧宇，慈悲金像闪佛光。能不忆僧盲。

## 忆江南·青蒿颂

秦邮驿，神草野青蒿。枝叶煎熬疗老疾，精华提取治虫妖。诺奖共情豪。

高文朗

## 忆江南·同舟好

同舟好，议事众英豪。献策建言参大政，陈词慷慨出高招。争勇为新标。

高国华

## 忆江南·赞扬州

扬州美，处处景无穷。杨柳婆娑风涤荡，琼花摇曳月朦胧。秀色共人融。

扬州美，春景构佳图。廿四画桥云雾润，三千丽人雨烟疏。妆靓瘦西湖。

扬州美，园巧夺天工。瘦石抱楼形秀丽，轻风摇竹韵稠浓。个个字玲珑。

扬州美，生态在园中。说石品瓷玩古画，观花看鸟赏鸣虫。白首抱黄童。

**展兴圣**

## 忆江南·赞油乡

油乡好，新建运河桥。古镇车流枢纽道，繁华闹市涌春潮。朝夕景多娇。

油乡美，诗兴咏朝霞。七彩人生如画卷，琴棋泼墨品茗茶。生活乐天涯。

**唐　毅**

## 忆江南·扬州咏叹

扬州好，犹有一城花。小巷深深花弄影，良宵共度在君家。追梦趁年华。

扬州好，柳岸郭外斜。旗影酒坊留客处，小窗月色照轻纱。客服更无暇。

扬州好，千古天下知。岁岁年年三月景，花时同醉荷花池，泼墨且成诗。

扬州好，送君上高枝。明月明年高考时，春风一路到京师。别后总相思。

扬州好，二十四桥边。笑傲龙舟君万里，相随歌舞是何年。何似画江南。

扬州好，淮左名都山。山不在高名自在，青云直上送君前。日后海天宽。

扬州好，闲爱一枝春。美景良辰桃叶渡，绿杨花草傍花村，远客是何人。　　扬州好，淑女抚瑶琴。何处楼台传绝唱，随风而去却逢君。海内皆知音。

**唐存芳**

## 忆江南·扬州好

扬州好，经济上楼台。林立厂家争出口，大批商品创名牌。财富涌流来。

邗沟远，古迹放光芒。景点文人多实迹，旅游商贸可通航。称绝世无双。

**黄石盘**

## 忆江南·扬州爱

扬州爱，肝胆写华章。上下同心扬正气，东西携手建康庄。

禹甸竞芬芳。



## 忆江南·扬州月

扬州月，风物五亭桥。夜色醉人圆好梦，晨晖迎露润新苗。又涌广陵潮。

## 忆江南·扬州水

扬州水，南北送清流。千里运河庥福祉，万家灯火忆乡愁。两岸绿荫稠。

## 忆江南·扬州雨

扬州雨，柔润最宜人。巷尾街头童戏水，江滨平野地回春。风助洗烟尘。

## 忆江南·扬州绿

扬州绿，生态拔头筹。人合自然成一体，城偕乡镇共绸缪。清景尽情收。

**黄国禹**

## 忆江南·扬州美

扬州美，古树荫城楼。习习清风穿竹巷，婷婷烟柳拂邗沟。游客忘归舟。

龚为豪

## 忆江南·登引江有感

波渺渺，杨柳织春烟。屹立东源真气象，浩荡北去润禾田。燕赵喜翩翩。

脱蔚如

## 忆江南·赋扬州

香稠密，西子瘦湖红。古岭梅花思阁部，平山杨柳忆欧公。兰苑乐千钟。

曹锡恩

## 忆江南·扬州好

扬州好，处处好风光。城里景区人挤满，乡间小镇客盈堂。一路笑声扬。

## 忆江南·家园

江滩地，荒了几千年。红日搬来花世界，蓝天移到树林边。百鸟好家园。

梅庆先

## 忆江南·幸福生活

夸城建，美丽得优评。绿树婆娑随路道，红花绽放伴街亭。整洁受欢迎。　　夸城建，精致赛宫庭。吃住游玩多自在，宜居颐养甚温馨。满意我人民。

盛莲纯（女）

## 忆江南·扬州玉器

天下玉，精琢在扬州。山水含烟雕紫气，亭台弄巧刻朱楼。花叶嵌风流。

## 忆江南·扬州漆器

维扬盛，漆器最驰名。巧嵌青螺缠钿盒，轻提彩笔绘云屏。白玉点娉婷。

蒋成忠

## 忆江南·琼花

琼花放，异卉独风流。瓣瓣犹如蝴蝶翅，团团好似水晶球。炀帝恋扬州。

蒋兴国

## 忆江南·扬州市花

多少景，次第隐芳丛。翘首琼花初露白，比肩芍药待翻红。人醉画图中。

董海明

## 忆江南·扬州好

扬州好，公众讲文明。大爱自由同理念，市民公约适宜行。社会永安宁。

扬州好，邻里爱相交。谈笑风生家国事，互帮互助好人骄。情义比山高。

谢良喜

## 忆江南·邗江路

邗江路，车马自悠悠。十里春风连巷陌，二分明月照朱楼。歌吹遍扬州。

**童金吾**

## 忆江南·顾客盈门

扬州好，商店客盈门。好货誉称千海地，名牌诚引五洲宾。万户迓欢欣。

**程济威**

## 忆江南·扬州咏叹

扬州久，今古数邗沟。两岸沧桑言万世，一船兴败谱千秋。南水北清流。

**阚长保**

## 忆江南·扬州好

扬州好，党政首牵头。文化旅游增效益，交通环保展鸿猷。开拓再深谋。

**蔡长宜（女）**

## 忆江南·扬州好

扬州好，千载盛名留。遥望长江东逝水，俯听古市近来讴。百感荡心舟。　　琼花美，依旧占鳌头。九派殷墟夸海宇，二分明月照扬州。起舞诵春秋。

潘步云

## 忆江南·歌舞雅韵

春和美，歌舞庆喧阗。运肇中华新世纪，篇开戊戌绮华年。雅韵伴笙弦。

## 忆江南·前程似锦

前途美，万众气高昂。鹄志鸿猷雄翅振，骁功骏业劲蹄扬。任重道尤长。

潘顺琴（女）

## 忆江南·扬州好

扬州好，常见诵吟人。书画琴棋盈巷道，诗词歌赋绕梁音。悦耳醉身心。

扬州好，最恋绿杨根。桥映粼波存古意，花开香溢漾新音。每想醉乡馨。

霍玉田

## 忆江南·电信赞

兴改革，起步亦艰难。新颖“砖头”频入阁，寻常“地蟒”屡登坛。渴望上尖端。

新时代，科技似朝霞。光缆扬眉行海角，手机放眼看天涯。彰显大中华。





戴仁怀

## 忆江南·改革之丰碑

天上美，大地响春雷。古邑新星光耀世，公园玉帝笑颜眉。改革立丰碑。　　松柏翠，处处艳花飞。百岁佳肴尊老辈，千言雅韵励新魁。续奋凤麟追。

戴启发

## 忆江南·扬州好

扬州好，绿柳映斜阳。三月琼花姣俏白，秋来桂子满城香。客旅不还乡。

扬州好，明月照高楼。浩荡春风苏万物，创新科技竞风流。改革立潮头。

扬州好，改革树新风。处处宣扬真善美，里邻和睦苦甘同。合力建奇功。

# 后 记

“春风化雨，春华秋实。”习近平总书记在纪念我国改革开放四十周年大会上，以这两句诗意般的成语，形象说明中华人民共和国成立以来，特别是改革开放以来，中华民族从站起来、富起来到强起来的伟大飞跃。历史文化名城扬州也紧随时代的步伐奋勇前行。今天，一个富强、民主、文明、和谐和美丽的扬州初现于富饶的长三角地区。

诗当为新时代而歌。凡是有良知的诗人都会怀有真挚的情感，去记录、去讴歌这伟大的变革时代，这充满生机的新扬州。市诗词协会更应负起责任，鼓励和推动广大的诗友贴近生活，贴近实际，去创作反映时代的诗词作品。

改革开放四十年的新发展内容丰富广泛，为诗词创作提供了鲜活的题材，但要写出好的诗词作品来也有一定的难度。市诗协权衡商定，尝试以同一词牌《忆江南》进行创作。其思考的出发点是，《忆江南》是词中小令，单调 27 个字，双调 54 个字，相对而言比较容易掌握。唐宋时期，先辈们留有不少《忆江南》名篇佳作，可以学习借鉴。小令体量小，不可能容纳过多的题材，作者只要把握社会生活中的某一点，有感而发，就能做到小中见大。

自从 2018 年 5 月扬州市诗协理事会议召开之后，各地诗协积极响应，鼓励诗友们投入到创作《忆江南》中去。令人欣慰的是，诗友们的创作热情空前高涨，一首首优美的小词从笔端流淌出来。截止年底，已有二百多位诗友创作了一千多首《忆江南》。作者来自各行各业，有公务员、军人、教师、医生、科技工作者、企业家、职工、农民和自由职业者等。更让人关注的是，竟有三十六位女诗人欣然参加《忆江南》的创作活动。

这些情况说明，这一次创作活动不但参加人员多，作品数量大，而且题材涵盖面广，是扬州地区诗词创作中不多见的。我们在梳理的基础上，按词作的内容，归纳为六个主题，即城市之光、园林之秀、文化之魂、乡村之美、民生之福和百态之谐。词作者都是扬州地区改革开放的亲历者、见证者，也是受惠之人，由衷地抒发对家乡的赞美和挚爱，对所处伟大新时代的讴歌。酌斟再三，将这部词集拟名为《我看扬州好：忆江南·新词集》。

经过一年多的努力，《我看扬州好：忆江南·新词集》付梓了。奉献在读者面前的这部词集，生动形象地记录了扬州地区因改革开放所带来的诸多方面的新发展，新面貌，也必将为人们留下难得的美好记忆。

词集的正式出版，是各地诗词组织共同努力的结果，是诗友们辛勤创作的结果，也与有关部门的支持分不开。在此，一并表示感谢。

编　者

二〇一九年四月